CB141931

'RATOS DE CEMITÉRIO'

E OUTROS CASOS ESTRANHOS DO DETETIVE STEVE HARRISON

ROBERT E. HOWARD

SAFRA
VERMELHA

'RATOS DE CEMITÉRIO'

E OUTROS CASOS ESTRANHOS DO DETETIVE STEVE HARRISON

ROBERT E. HOWARD

1ª Edição

AVEC
EDITORA

Porto Alegre
2020

Copyright ©2020

Todos os direitos dessa edição reservados à AVEC Editora.

Nenhuma parte desta publicação poderá ser reproduzida, seja por meios mecânicos, eletrônicos ou em cópia reprográfica, sem a autorização prévia da editora.

Editor: Artur Vecchi
Organização: Cesar Alcázar
Tradução: Carolina Chiarelli - "Os Nomes no Livro Negro", "Presas de Ouro" e "O Segredo da Tumba".
Cesar Alcázar - "Ratos de Cemitério"
Diagramação: Bethânia Helder
Foto da capa: "Detective at foot of Argyle Steps, The Rocks (Sydney)". Polícia de Sydney. Data e autor desconhecidos.
Revisão: Camila Villalba

Dados Internacionais de catalogação na Publicação (CIP)
(Câmara Brasileira do Livro, SP, Brasil)

H 848
Howard, Robert E.
Ratos de cemitério e outros casos estranhos do detetive Steve Harrison / Robert E. Howard; tradução de Carolina Chiarelli e César Alcázar. – Porto Alegre: AVEC, 2020.

ISBN 978-65-86099-66-9

1. Ficção norte-americana I. Chiarelli, Carolina
II. Alcázar, César III. Título

CDD 813

Índice para catálogo sistemático:
1.Ficção : Literatura norte-americana 813

1ª edição, 2020
Impresso no Brasil/ Printed in Brazil

AVEC Editora
Caixa Postal 7501
CEP 90430-970 – Porto Alegre – RS
contato@aveceditora.com.br
www.aveceditora.com.br
Twitter: @aveceditora
Instagram: /aveceditora
Facebook: /aveceditora

SUMÁRIO

NOTAS DO EDITOR

Durante sua breve carreira como escritor, Robert E. Howard (1906 – 1936) conseguiu vender cinco dos nove contos que escreveu tendo o detetive Steve Harrison como protagonista. Porém, apenas quatro deles foram publicados, pois a revista para a qual ele submeteu uma das histórias acabou fechando as portas. Além disso, dois dos contos foram publicados por uma mesma revista e no mesmo número, o que fez com que seu editor original alterasse o nome do detetive para Brock Rollins em uma delas. Ele ainda creditou a obra a um pseudônimo de Howard, Patrick Ervin.

Este livro apresenta os quatro contos publicados por Howard em vida de acordo com suas edições originais:

Presas de Ouro *(Fangs of Gold)* – publicado pela primeira vez na revista Strange Detective Stories em fevereiro de 1934. Também publicado com o título People of the Serpent (título original de Howard).

O Segredo da Tumba *(The Tomb's Secret)* – publicado pela primeira vez na revista Strange Detective Stories em fevereiro de 1934 e creditado a Patrick Ervin. Também publicado com o título Teeth of Doom (título original de Howard).

Os Nomes no Livro Negro *(Names in the Black Book)* – publicado pela primeira vez na revista Strange Detective Stories em maio de 1934.

Ratos de Cemitério *(Graveyard Rats)* – publicado pela primeira vez na revista Thrilling Mystery em fevereiro de 1936.

AO LEITOR

Os textos reunidos nesta edição foram concebidos e publicados pela primeira vez nos anos 1930, época em que os mais diversos preconceitos de raça e gênero eram propagados livremente, tanto no cinema quanto na literatura. Alguns dos contos de Howard são fruto direto do chamado "Perigo Amarelo", metáfora xenofóbica que caracteriza os povos asiáticos orientais como uma ameaça ao ocidente. Outros contém expressões e representações ofensivas aos povos nativos e afrodescendentes. Estes preconceitos eram errados na época da publicação original dos contos, são errados nos dias de hoje, e não representam a visão do organizador desta obra e da Avec Editora.

OS NOMES NO LIVRO NEGRO

— Três assassinatos não resolvidos em uma semana. Isso não é tão incomum… para River Street — resmungou Harrison, movimentando seu corpo massivo de forma inquieta na cadeira.

Sua companheira acendeu um cigarro e Harrison observou que a mão dela não estava muito firme. Ela era bonita de um jeito exótico. Uma figura suave e morena com as cores suntuosas das noites púrpura e auroras carmins orientais em seus cabelos negros e lábios vermelhos. Mas nos olhos escuros, Harrison vislumbrou uma sombra de medo. Apenas uma vez ele havia visto medo naqueles olhos deslumbrantes e a memória o fez sentir-se um pouco apreensivo.

— É o seu trabalho resolver assassinatos — ela disse.

— Me dê um pouco mais de tempo. Você não pode apressar as coisas, não quando está lidando com pessoas do bairro oriental.

— Você tem menos tempo do que pensa — ela respondeu, enigmática. — Se não me escutar, nunca irá resolver esses assassinatos.

— Estou escutando.

— Mas não vai acreditar. Dirá que sou louca... vendo fantasmas e fugindo de sombras.

— Olha aqui, Joan — ele exclamou, impaciente. — Vá direto ao ponto. Você me chamou ao seu apartamento e eu vim, pois disse que estava correndo um perigo mortal, mas agora está dando voltas e falando sobre três homens que foram mortos semana passada. Vá direito ao ponto, sem rodeios, pode ser?

— Lembra-se de Erlik Khan? — ela perguntou, abruptamente.

Involuntariamente a mão de Harrison tocou no seu rosto, onde uma cicatriz tênue ia da têmpora até a borda da mandíbula.

— Não é como se desse para esquecê-lo — ele disse. — Um mongol que se autointitula Senhor da Morte. Sua ideia era juntar todas as sociedades criminosas orientais da América em uma enorme organização, tendo ele com líder. Talvez tivesse conseguido, se seus próprios homens não tivessem se virado contra ele.

— Erlik Khan voltou — ela disse.

— O quê? — Sua cabeça ergueu-se abruptamente e olhou incrédulo para a mulher. — Do que está falando? Eu o vi morrer, e você também!

— Eu vi seu capuz se arrebentar quando Ali Suleyman o atingiu com uma cimitarra afiada e pontiaguda — ela respondeu. — Eu o vi cair no chão e ficar lá sem se mexer. Então a casa pegou fogo, o teto desmoronou e apenas ossos carbonizados foram achados entre as cinzas. Porém, acredite: Erlik Khan voltou.

Harrison não respondeu, mas se sentou esperando por mais revelações, certo de que viriam de modo indireto. Joan La Tour era metade oriental e compartilhava muitas das características de seus parentes discretos.

— Como esses três homens morreram? — ela perguntou, ainda que Harrison estivesse ciente de que Joan sabia tanto quanto ele.

— Li-crin, o comerciante chinês, caiu do seu próprio telhado — ele resmungou. — Seus vizinhos o escutaram gritar e depois o viram esborrachar-se no chão. Poderia ter sido um acidente, mas chineses de meia-idade não saem no meio da noite subindo em telhados. Ibrahim ibn Achmet, o negociante de raridades da Síria, foi picado por uma cobra. Poderia ter sido um acidente também, mas eu sei que alguém jogou a cobra nele pela sua claraboia. Jacob Kossova, o exportador levantino, foi simplesmente esfaqueado em um beco remoto. Foram trabalhos sujos, todos eles, e sem motivo aparente. Mas, em River Street, os motivos escondem-se nas profundezas. Quando eu achar os culpados, descobrirei os motivos.

— E esses assassinatos não sugerem nada a você? — exclamou a mulher, tensa devido à sua agitação contida. — Você não vê a ligação entre eles? Não percebe o ponto em que todos eles têm em comum? Escute! No passado, todos esses homens estavam ligados, de uma maneira ou de outra, a Erlik Khan!

— E...? — ele insistiu. — Isso não significa que o fantasma de Khan matou eles. Achamos vários ossos nas cinzas do incêndio, mas havia membros do seu grupo em outras partes da cidade. Sua organização gigantesca se desmanchou após sua morte pela falta de um líder, mas os sobreviventes nunca foram descobertos. Alguns deles podem estar quitando antigas pendências.

— Mas então por que esperar tanto tempo para isso? Faz um ano que vimos Erlik Khan morrer. Estou dizendo a você, o próprio Senhor da Morte, morto ou vivo, voltou e está matando esses homens por alguma razão. Talvez eles tenham se recusado a participar dessa vez. Cinco foram jurados de morte. Três já foram.

— Como sabe disso? — ele perguntou.

— Olhe! — A mulher tirou algo de baixo das almofadas do divã em que estava sentada. Levantando-se, foi para o lado de Harrison enquanto o abria.

Era uma folha quadrada, preta e macia, cujo material era parecido com o de um pergaminho. Nela, cinco nomes estavam escritos, um abaixo do outro, com uma letra cursiva vigorosa. Os nomes estavam em carmim, como se fosse sangue derramado. Nos três primeiros nomes, um risco, também em carmim, havia sido traçado. Eram os nomes de Li-crin, Ibrahim ibn Achmet e Jacob Kossova. Harrison grunhiu de forma explosiva. Os últimos dois nomes, ainda não riscados, eram de Joan La Tour e Stephen Harrison.

— Onde conseguiu isso? — ele exigiu.

— Foi colocado debaixo da minha porta ontem à noite enquanto eu dormia. Se todas as portas e janelas não tivessem sido fechadas, a polícia teria achado isso preso ao meu cadáver hoje de manhã.

— Mas ainda não vejo a conexão...

— Isso é uma página do Livro Negro de Erlik Khan! — ela gritou. — O livro da morte! Eu já o vi no passado, quando trabalhava para Erlik. Lá ele mantinha registros dos seus inimigos, vivos e mortos. Eu vi esse livro aberto, no exato dia em que Ali ibn Suleyman o matou. Era um livro grande, com capa feita de ébano, jade nas dobradiças e páginas macias e negras de pergaminho. Naquele dia, estes nomes não estavam no livro. Isso quer dizer que foram escritos depois que Erlik Khan morreu e esta é a letra dele!

Se Harrison estava impressionado, falhou em demonstrar.

— Ele escrevia tudo em inglês?

— Não, em uma escrita da Mongólia. Isso foi escrito especificamente para nós e eu sei que estamos irremediavelmente condenados. Erlik Khan nunca avisou suas vítimas, a menos que tivesse certeza de que é isso que elas se tornariam.

— Isso aqui pode ser uma falsificação — resmungou o detetive.

— Não! Ninguém poderia imitar a letra de Erlik Khan. Ele próprio escreveu estes nomes. Ele voltou dos mortos! O inferno não pôde suportar uma alma tão diabólica quanto a dele! — Joan estava perdendo seu autocontrole pelo medo e agitação que sentia. Ela apagou seu cigarro, que estava recém pela metade, e abriu uma carteira nova. Tirou um e a jogou na mesa. Harrison pegou a carteira e, distraidamente, apanhou um para si. — Nossos nomes estão no Livro Negro! É uma sentença de morte que não tem como recorrer! — Ela acendeu um fósforo e estava levando à boca quando, abruptamente, Harrison o arrancou de sua mão e soltou um palavrão surpreso. Ela retornou ao divã, confusa com a violência do ato, enquanto ele pegava a carteira e removia o conteúdo de forma cautelosa.

— Comprou isso onde?

— Ora, na farmácia da esquina aqui de baixo, eu acho — ela gaguejou. — É onde eu normalmente...

— Não, estes não — ele disse. — Estes cigarros foram adulterados. Não sei o que é, mas vi uma tragada disso matar um homem na hora. Deve ser alguma droga oriental dos infernos misturada com tabaco. Você saiu do apartamento para me ligar...

— Estava com medo de que meu telefone estivesse grampeado — ela respondeu. — Fui a uma cabine telefônica na rua de baixo.

— E minha teoria é que alguém entrou no seu apartamento enquanto estava fora e trocou os cigarros. Senti apenas um fraco cheiro da droga quando estava o colocando na boca, mas é inconfundível. Cheire você mesma. Não tenha medo. É mortal apenas quando o tragamos.

Ela obedeceu e empalideceu na hora.

— Eu disse a você! Nós fomos o motivo da derrota de Erlik Khan! Se você não tivesse sentido o cheiro da droga, nós dois estaríamos mortos agora! Assim como ele queria!

— Bem — ele disse —, de qualquer maneira, é certo que alguém está atrás de você. Ainda acho que não pode ser Erlik Khan, porque ninguém sobreviveria àquele golpe na cabeça que o vi recebendo de Ali ibn Suleyman e não acredito em fantasmas. Mas você deve ser protegida até eu caçar essa pessoa que está sendo tão desprendida com seus cigarros envenenados.

— E quanto a você? Seu nome também está no livro dele.

— Não se preocupe comigo — Harrison disse de forma beligerante. — Suponho que sei me cuidar. — Ele parecia capaz o bastante, com seus olhos azuis frios e os músculos salientes mesmo sob o casaco. Seus ombros eram fortes como os de um touro. — Esta ala é praticamente isolada do resto do edifício e não tem mais ninguém no terceiro andar, certo? — ele disse.

— Não apenas no terceiro andar desta ala — ela respondeu. — Não tem mais ninguém em todo o terceiro andar do edifício neste momento.

— Ora, que ótimo! Fica cada vez melhor! — ele exclamou, irritado. — Qualquer pessoa pode entrar escondido e cortar a sua garganta sem perturbar ninguém. E é isso que vão tentar quando perceberem que os cigarros não a mataram. Melhor você ir para um hotel.

— Isso não faria diferença alguma — ela respondeu,

trêmula. Obviamente, seus nervos estavam abalados. — Erlik Khan me acharia, vai me achar em qualquer lugar. Mesmo em um hotel, com pessoas indo e vindo o tempo todo, com as fechaduras ruins que eles têm nas portas, com travas e saídas de emergências e tudo. Isso seria fácil demais para ele.

— Bem, então chamarei policiais para ficarem de tocaia aqui.

— Isso também não faria diferença. Erlik Khan já matou inúmeras vezes e seguiu matando, independente da polícia tentar impedi-lo. Eles não entendem seus métodos, por isso nunca o pegaram.

— Está bem — ele murmurou, desconfortável com a certeza de que convocar os policiais seria, certamente, o mesmo que assinar as sentenças de morte daqueles homens e nada mais. Era absurdo supor que o falecido demônio mongol estava por trás dos assassinatos monstruosos, mas, ainda assim, Harrison sentiu-se perturbado ao lembrar dos episódios que aconteceram em River Street. Episódios esses que nunca reportou, por não querer ser taxado de mentiroso ou louco. Mortos não retornam à vida, mas o que parece absurdo na 39ª Avenida assume um aspecto diferente entre os labirintos mal-assombrados do bairro oriental.

— Fique comigo! — Joan estava com os olhos arregalados ao agarrar o braço de Harrison com as mãos trêmulas. — Podemos proteger esta casa! Enquanto um dorme, o outro vigia! Não ligue para a polícia; com as trapalhadas deles, nós vamos morrer. Você trabalha neste bairro há anos e vale mais do que toda a força policial. Os misteriosos instintos que herdei dos meus familiares orientais estão sempre alertas ao perigo. Sinto o perigo para nós dois, perto, se aproximando cada vez mais, nos circulando como serpentes na escuridão!

— Mas eu não posso ficar aqui — ele fez uma carranca de preocupação. — Não podemos só nos proteger e esperar que eles nos matem de fome. Essa não é uma boa ideia. Temos que revidar e descobrir quem está por trás disso. A melhor defesa é sempre um bom ataque. Mas, por outro lado, não posso deixá-la aqui desprotegida. Maldição! — Ele cerrou seus grandes punhos e balançou a cabeça como se fosse um touro desorientado e violento.

— Há um homem na cidade, além de você, em quem eu confio — ela disse, de súbito. — Um que vale mais do que todos os policiais. Se ele me proteger, estarei segura.

— Quem é?

— Khoda Khan.

— Aquele sujeito? Ora essa, pensei que tivesse fugido há meses.

— Não, ele está escondido em Levant Street.

— Mas ele mesmo é um maldito assassino!

— Não, não é. Não segundo os princípios dele, e isso significa para ele tanto quanto os seus significam para você. Ele é um afegão que foi criado para seguir seu código de honra: lutar pelo que é seu e vingar-se quando necessário. Conforme sua crença, ele é tão honrado quanto você e eu. E ele é meu amigo. Morreria por mim.

— Então, pelo que entendi, isso quer dizer que está escondendo esse sujeito das autoridades — disse Harrison com um olhar perscrutador que ela nem tentou desviar. Ele não fez comentários adicionais. River Street não é a Avenida South Park. Os métodos próprios de Harrison não eram sempre ortodoxos, mas, geralmente, davam resultados. — Pode entrar em contato com ele? — Harrison perguntou de repente. Ela assentiu. — Tudo bem. Ligue e diga para vir aqui o mais rápido possível. Diga que ele não será incomodado pela polícia e que, após tudo terminar, ele poderá voltar a se esconder. Mas, depois disso, é temporada de caça e posso prendê-lo. Use seu telefone. Ele pode estar grampeado, mas teremos que arriscar. Vou descer as escadas e usar a cabine telefônica. Tranque a porta e não abra até eu voltar.

Quando o trinco se fechou atrás dele, Harrison caminhou pelo corredor em direção às escadas. O edifício não tinha elevadores. Enquanto caminhava, olhava cautelosamente para todos os lados. Uma peculiaridade da arquitetura havia, de fato, praticamente isolado aquela ala. A parede oposta à porta de Joan era vazia. A única maneira de chegar aos outros apartamentos daquele andar era descendo a escada e subindo por outra que ficava do outro lado do edifício.

Subindo as escadas, praguejou baixo ao pisar em um frasco com seu calcanhar. Com uma vaga suspeita de aquilo ser uma armadilha e conter veneno, inclinou-se e investigou com cautela os cacos e o conteúdo derramado. Havia uma pequena poça de um líquido colorido que emanava um cheiro almiscarado e picante, mas não parecia ser letal.

— Suponho que isso seja um maldito perfume oriental que Joan deixou cair — ele concluiu. Desceu a escada sinuosa sem mais contratempos e foi imediatamente para a cabine do escritório telefônico que abrira na rua. Um funcionário sonolento cochilava atrás da mesa.

Harrison ligou para o chefe de polícia e começou a falar abruptamente.

— Escute, Hoolihan. Lembra-se daquele afegão, Khoda Khan, que esfaqueou um chinês há uns três meses? Sim, esse mesmo. Então, preste atenção: preciso dele por um tempo. Ele vai me ajudar em um caso, então mande seus homens não se intrometerem se o virem. Repasse isso imediatamente. Sim, eu sei que isso não é comum, mas meu trabalho também não é. Neste momento só tenho duas opções: usar um fugitivo da lei ou ver um cidadão honesto assassinado. Não importa do que se trata. Esse é o meu trabalho e tenho que lidar com isso do meu jeito. Tudo bem, obrigado.

Ele desligou o telefone, pensou muito por alguns minutos e então discou outro número que, definitivamente, não tinha relação nenhuma com a delegacia de polícia. No lugar da voz estrondosa do chefe Hoolihan, um choramingo estridente vindo das profundezas do submundo soou na outra extremidade do fio.

— Escute, Johnny — disse Harrison com a sua habitual brusquidão —, você me disse que achava que tinha uma informação sobre o assassinato de Kossova. O que era?

— Não era mentira, chefe — a voz do outro lado da linha tremia de agitação. — Tenho uma pista e é grande! É grande! Não posso falar pelo telefone e não tenho coragem de ficar ao ar livre. Mas, se me encontrar na casa de ópio do Shang Yang, eu desembucho. Vai deixar você fora de órbita total, vai sim.

— Estarei lá em uma hora — prometeu o detetive. Ele saiu da cabine telefônica e olhou rapidamente para a rua. Era uma noite enevoada, assim como tantas outras em River Street. O trânsito era apenas um fraco reflexo de uma zona distante e mais movimentada. A neblina flutuante ocultava os postes de luz, encobrindo ocasionais pedestres. Um palco montado para o assassinato, esperando apenas a aparição dos atores daquela peça sombria.

Harrison subiu as escadas novamente. Elas levavam da cabine até a ala do terceiro andar, sem precisar passar pelo segundo. A arquitetura da zona oriental, assim como em lugares próximos, era bem incomum. As pessoas da região, notoriamente, gostavam de privacidade e até mesmo edifícios eram construídos com essa paixão em mente. Seus passos não fizeram nenhum ruído na escada pesadamente acarpetada, ainda que um fraco estalar no último degrau tenha o lembrado, momentaneamente, do frasco quebrado. Ele pisara nos cacos.

Ele bateu na porta trancada, respondeu o questionamento nervoso de Joan e pôde entrar. Encontrou a mulher mais controlada.

— Falei com Khoda Khan e ele já está vindo. Avisei também que o telefone pode estar grampeado e por isso nossos inimigos já devem saber de tudo e podem tentar impedi-lo de chegar aqui.

— Ótimo — grunhiu o detetive. — Enquanto espero por ele, vou dar uma olhada no seu apartamento.

Havia quatro cômodos: a sala de estar na frente, um grande quarto de dormir atrás e, em seguida, dois cômodos menores: o quarto de empregada e o banheiro. A empregada não estava, porque Joan a mandara embora ao primeiro sinal de perigo. O corredor acompanhava paralelamente o apartamento. A sala de estar, o quarto e o banheiro davam para o corredor. Eram três portas para levar em consideração. A sala de estar tinha uma janela ampla na parte leste, com vista para a rua, e uma na parte sul. O quarto continha uma janela virada para o sul e, no quarto da empregada, havia uma ao sul e outra ao oeste. O banheiro comportava uma janela pequena, na parede oeste, com vista para um pátio rodeado por um emaranhado de becos e quintais cercados por tapumes.

— Três portas externas e seis janelas a serem vigiadas. E isso é só o principal — murmurou o detetive. — Ainda acho que devia ter chamado alguns policiais para ficarem aqui — ele disse, mas sem nenhuma convicção. Estava examinando o banheiro quando Joan, cautelosa, o chamou da sala de estar, achando ter escutado um arranhar de leve na porta. Com arma em punho, ele abriu a porta do banheiro e perscrutou o corredor. Estava vazio. Nenhuma imagem de horror pairava diante da porta da sala de estar. Abriu a porta de entrada e não viu ninguém. Fechou e chamou a mulher, tranquilizando-a. Concluindo sua inspeção, grunhiu em aprovação. Joan La Tour era cria do bairro oriental. Anos atrás, tomara providências contra inimigos secretos, como trancas especiais e fechaduras. Suas janelas eram protegidas por pesadas venezianas de ferro e não havia alçapão, elevador monta carga ou claraboia em nenhum lugar do apartamento.

— Parece que você está pronta para uma guerra — ele comentou.

— Eu estou. Tenho enlatados guardados que devem durar semanas. Com Khoda Khan, posso manter este forte indefinitivamente. Se as coisas ficarem muito difíceis, melhor voltar para cá, se conseguir. É mais seguro que a delegacia de polícia, a menos que taquem fogo na casa toda.

Uma leve batida na porta os fez virar.

— Quem é? — chamou Joan, hesitante.

— Eu, Khoda Khan, *sahiba.* — A resposta veio de uma voz baixa, mas forte e ressonante. Joan respirou fundo e destrancou a porta. Uma figura alta curvou-se em um gesto pomposo e entrou.

Khoda Khan era mais alto que Harrison e, embora tivesse menos músculos do que o americano, seus ombros eram igualmente largos e suas roupas não escondiam sua grande estatura e a flexibilidade felina dos movimentos. Sua vestimenta era uma mistura curiosa de um traje tradicional, o que era normal em River Street. Ele usava um turbante que realçava seu nariz de falcão e a barba preta, e um longo casaco de seda que pendia quase até seus joelhos. Sua calça era convencional, mas uma faixa de seda circundava sua cintura magra e usava chinelos turcos nos pés.

Vestindo qualquer traje, teria sido igualmente evidente que havia algo selvagem e indomável no homem. Seus olhos tinham um brilho que não se via em nenhum homem civilizado e sua força era nítida sob sua roupa. Harrison sentiu-se do mesmo jeito que se sentiria caso uma pantera tivesse entrado no cômodo, plácida em um momento, mas pronta para, ao menor sinal, atacar com olhos flamejantes e garras violentas.

— Pensei que tivesse saído do país — ele disse.

O afegão sorriu e apareceu um vislumbre de branco no meio daquele emaranhado negro que era sua barba.

— Não, *sahib*. Aquele filho de um cão que esfaqueei não morreu.

— Tem sorte — comentou Harrison. — Se tivesse matado, seria enforcado com certeza.

— *Inshallah* — concordou Khoda Khan, alegremente. — Mas era uma questão de honra. Aquele animal me fez comer carne de porco. Mas não importa. A *memsahib* me chamou, e eu vim.

— Tudo bem. Enquanto ela precisar da sua proteção, a polícia não o prenderá. Mas quando isso acabar, tudo volta ao normal. Vou dar um tempo para você se esconder, se quiser, e depois seguirei tentando o encontrar, como no passado. Ou, se quiser se render e ir a julgamento, prometo a você o máximo de condescendência possível.

— Justo — respondeu Khoda Khan. — Protegerei a *memsahib* e, quando nossos inimigos estiverem mortos, continuamos de onde paramos.

— O que sabe sobre esses assassinatos?

— Nada, *sahib*. A *memsahib* me ligou, dizendo que os idiotas dos mongóis a ameaçaram. Vim depressa, por cima dos telhados, para não cair em uma emboscada.

Ninguém me perturbou, mas achei isso do lado de fora da porta.

Ele abriu sua mão e revelou um pedaço de seda que, evidentemente, havia arrancado de sua faixa. Nela, havia um animal esmagado que Harrison não reconheceu, mas Joan recuou com um grito baixo.

— Deus! Um escorpião negro de Assam!

— Sim, mas está sem o ferrão. Eu vi que ele estava tentando entrar. Outra pessoa talvez não visse e pisasse nele, mas eu estava atento desde que senti o cheiro da Flor da Morte subindo as escadas. Quando o vi, pisei em cima antes que pudesse me picar.

— O que quer dizer com Flor da Morte? — perguntou Harrison.

— Ela cresce na floresta, no mesmo lugar que estes escorpiões. O cheiro delas os atrai da mesma forma que vinho seduz um bêbado. Havia um rastro do néctar delas na porta por alguma razão. Se a porta tivesse sido aberta antes de eu matá-lo, teria entrado e picado quem estivesse no seu caminho.

Harrison praguejou baixinho, lembrando do leve barulho de algo raspando que Joan escutara do lado de fora da porta.

— Agora eu entendi! Eles colocaram um frasco com o néctar nas escadas, onde seria certo que alguém pisaria. E eu realmente pisei, mas quebrei e o líquido molhou meu sapato. Depois desci, para procurar de onde vinha e deixei o rastro do cheiro por onde andei. Subi, pisei no frasco de novo e trouxe o cheiro até a porta. Em seguida, alguém lá embaixo soltou o escorpião. Que diabo! Isso significa que eles estão nesta casa desde que eu estava no andar de baixo! Podem estar escondidos em algum lugar aqui, agora! Mas alguém teve que ir até a cabine para colocar o escorpião no rastro... Vou perguntar para o funcionário…

— Ele dorme como os mortos — disse Khoda Khan. — Não acordou quando cheguei e subi as escadas. Qual o problema se a casa está cheia de mongóis? Estas portas são fortes e estou em alerta! — De seu casaco ele tirou uma horrenda faca de Khyber com uma jarda de comprimento e afiada como uma navalha. — Eu matei homens com isso — ele anunciou, sorrindo como um demônio barbudo das montanhas. — Pachtuns, indianos e alguns russos. Esses mongóis são cães que não merecem a misericórdia de um bom aço.

— Bem — grunhiu Harrison —, tenho um compromisso e já estou atrasado. Sinto-me mal indo embora e deixando-os sozinhos para lutarem com esses bárbaros. Mas não estaremos a salvo até eu destruir cada um deles e estou disposto a isso.

— Eles o matarão assim que sair do prédio — disse Joan, com convicção.

— Bem, tenho que arriscar. De qualquer forma, se for atacada, ligue para a polícia e para mim no bar de Shan Yang. Chegarei aqui pouco antes do amanhecer, mas espero que a informação que receber me leve direto a quem quer que esteja atrás de nós.

Ele atravessou o corredor com a estranha impressão de estar sendo observado e olhou para as escadas, como se esperasse vê-las tomada por escorpiões negros. Harrison afastou-se do frasco quebrado sobre o degrau. Acometeu-se de uma sensação desconfortável, como se estivesse ignorando seu dever, ainda que soubesse que seus dois companheiros não queriam envolver a polícia e que, lidando com orientais, o melhor era seguir os conselhos de alguém de lá.

O funcionário ainda tinha os olhos fechados atrás de sua mesa. Harrison o sacudiu, mas não houve reação. O homem não estava dormindo, ele havia sido drogado. Sua pulsação estava normal e o detetive acreditou que estava fora de perigo. De qualquer forma, Harrison não tinha mais tempo a perder. Caso deixasse Johnny Kleck esperando por muito tempo, o informante poderia assustar-se e fugir. Se esconderia em alguma viela por semanas.

Harrison pisou na calçada, onde as lâmpadas brilhavam sombriamente através da névoa vinda do rio, esperando uma faca voar na sua direção ou encontrar uma cobra enrolada no banco do seu carro. Após erguer a capota e os assentos para certificar-se de que uma bomba não havia sido plantada, não encontrou nada suspeito. Sentindo-se satisfeito enfim, entrou no carro e a mulher que o observava através de uma fenda na persiana do terceiro andar suspirou aliviada ao vê-lo indo embora são e salvo.

Khoda Khan passara pelos cômodos, aprovando ver tudo trancado e, tendo desligado as luzes das outras salas, retornou à sala de estar, onde apagou todas as luzes exceto a de um pequeno abajur de mesa. O pequeno objeto irradiava um círculo de luz no centro do cômodo, deixando todo o resto cair em um breu indistinto.

— A escuridão desconcerta os vigaristas e os homens honestos do mesmo jeito — ele disse, sabiamente —, mas eu não preciso de luz. Enxergo como um gato no escuro.

Ele se sentou com as pernas cruzadas perto da porta do quarto, a qual deixou parcialmente aberta. Camuflou-se nas sombras, de forma que tudo que Joan podia distinguir com alguma nitidez era seu turbante e o brilho dos seus olhos quando virava a cabeça.

— Continuaremos aqui, *sahiba* — ele disse. — O veneno e o escorpião falharam, então, certamente, o próximo enviado será um homem. Deite-se naquele divã e durma, se conseguir. Seguirei vigiando.

Joan obedeceu, mas não dormiu. Seus nervos estavam

agitados. O silêncio da casa a sufocava e os poucos barulhos da rua a mantinham acordada.

Khoda Khan sentou-se imóvel como uma estátua, imbuído com a estoicidade e a paciência selvagem das colinas que o geraram. Criado até a fase adulta na parte bárbara e cruel do mundo, onde a sobrevivência dependia da habilidade pessoal, seus sentidos eram mais aguçados do que o possível para homens civilizados. Mesmo as habilidades de Harrison, provindas de anos nas ruas, eram consideradas fracas em comparação. Khoda Khan podia, inclusive, sentir o cheiro do fraco aroma da Flor da Morte, misturado com o odor pungente do escorpião esmagado. Ele escutou e identificou cada um dos sons vindos de dentro ou fora da casa e sabia quais eram naturais e quais não eram.

Ele escutou os sons no telhado bem antes que seu assobio de aviso fizesse Joan se levantar do divã. Os olhos do afegão brilhavam como fósforo nas sombras e seus dentes cintilavam levemente em um sorriso selvagem. Joan o olhou de modo indagador. Seus ouvidos civilizados não escutaram nada. Mas ele escutou e, com eles, seguiu os sons de forma precisa e localizou o lugar onde pararam. Joan, nesse momento, escutou algo. Era um leve som abafado em algum lugar no prédio, mas, ao contrário de Khoda Khan, ela não identificou o barulho como alguém forçando a persiana da janela do banheiro.

Com um rápido gesto tranquilizador para Joan, Khoda Khan se levantou e desapareceu como um ágil leopardo na escuridão do quarto. Ela agarrou uma pistola automática, sem muita convicção de que conseguiria usá-la, e procurou por uma garrafa de vinho, sentindo uma necessidade intensa por estimulantes. Cada membro do seu corpo estava tremendo e suor frio brotava na sua pele. Ela lembrou dos cigarros, mas o lacre intacto e fechado do vinho a reconfortou. Mesmo o mais sábio tem seus momentos de estupidez. Já com o líquido na boca, aquele sabor peculiar a atentou ao fato de que o homem que trocara os cigarros, poderia, facilmente, ter levado embora a garrafa de vinho e deixado outra em seu lugar, uma similar que incluísse um lacre intacto e fechado. Ela apoiou-se no divã, forçando o vômito.

Khoda Khan não perdeu tempo. Ele escutou outros barulhos vindos do corredor. Seus ouvidos o disseram, enquanto escondia-se atrás da porta do banheiro, que as persianas haviam sido forçadas — quase em total silêncio, ao passo que um homem branco teria feito tanto barulho que pareceria uma explosão em uma fundição — e agora a janela estava sendo arrombada. De repente, escutou o barulho de alguém entrando, furtivamente, no cômodo ao lado. O homem arremessou-se contra a porta e entrou em disparada, como um ciclone. Sua longa faca apontada para o chão.

Entrava luz suficiente na peça para reconhecer uma figura forte e agachada, com breves traços asiáticos furiosos. O intruso uivou de modo explosivo e começou a fazer um movimento — então a longa faca de Khyber, impulsionada por um braço munido com a fúria dos Himalaias, o rasgou da virilha ao tórax.

Khoda Khan não parou. Ele sabia que havia apenas um homem no cômodo, mas, através da janela, viu uma corda grossa balançando. Khoda foi em sua direção, a agarrou com as duas mãos e, como um touro, a puxou para dentro. Os homens no telhado que a seguravam tiveram que soltar a corda para não caírem lá de cima e, ao puxar, ele tropeçou e caiu sobre o cadáver com a corda, agora solta, em suas mãos. Gritando exultante, levantou-se e caminhou, em silêncio, até a porta que dava para o corredor. Ao menos que eles tivessem outra corda, o que era pouco provável, os homens do telhado estavam temporariamente fora da jogada.

Khoda escancarou a porta e abaixou-se o máximo possível. Um cutelo arrancou uma lasca do marco da porta, e ele golpeou para frente com a faca e depois saltou sobre o corpo que se contorcia no corredor, sacando uma pistola de sua bainha escondida.

A luz forte do corredor não ofuscou seus olhos. Ele viu um segundo assassino com um cutelo escondido perto da porta do quarto e um homem vestindo um robe de mandarim trabalhando na fechadura da porta da sala de estar. Khoda estava entre eles e as escadas. Ao que avançaram em sua direção, atirou no estômago do assassino com cutelo. Uma arma automática na mão do mandarim cuspiu fogo e Khoda Khan sentiu o vento da bala. No instante seguinte, sua própria arma disparou outra vez e o manchu cambaleou e soltou a pistola da mão coberta de sangue. Então o chinês puxou uma faca grande do robe com a mão esquerda e correu pelo corredor como um furacão, com olhos ferozes e seu vestuário de seda esvoaçante.

Khoda Khan o baleou na cabeça, e o mandarim caiu tão perto de seu pé que a longa faca se cravou no piso a alguns centímetros do chinelo do afegão.

Mas Khoda Khan parou apenas tempo o suficiente para cravar sua própria faca no assassino que ele alvejara no estômago — pois sua ética de combate era aquela das colinas selvagem — e depois correu de volta ao banheiro. Ele deu um tiro pela janela, já que os homens do telhado poderiam estar tentando descer e foi até o quarto, acendendo as luzes ao passar.

— Já cuidei dos desgraçados, *sahiba* — ele exclamou. — Por Allah, eles tiveram uma prova do chumbo das balas e do aço da minha lâmina! Há outros no telhado, mas não precisamos nos preocupar no momento. Homens virão investigar os tiros, como é costume dos *sahibs*, então é de extrema importância decidirmos nossos próximos passos e as mentiras que contaremos... Allah!

Joan La Tour ficou ereta, agarrando o estofamento do divã. Seu rosto estava pálido e sua expressão, rígida, como se fosse uma máscara macabra esculpida na pedra. Seus olhos arregalados brilhavam como um estranho fogo negro.

— Allah nos protegeu contra Iblis, o Maligno! — exclamou Khoda Khan, fazendo um sinal com seus dedos que antedatavam o islamismo por mais de mil anos. — O que aconteceu com você, *sahiba*?

Ele foi em direção a ela para se deparar com um grito que o fez recuar, suor frio brotando de sua pele.

— Não se aproxime! — ela gritou com uma voz que ele não reconheceu. — Você é um demônio! Todos vocês são demônios! Posso ver! Escuto seus cascos no silêncio da noite! Eu vejo seus olhos brilhando na escuridão! Mantenha suas garras longe mim! Aie! — Espuma apareceu nos seus lábios enquanto gritava blasfêmias em inglês e árabe que fizeram Khoda Khan arrepiar-se.

— *Sahiba* — ele implorou, tremendo como uma folha. — Não sou um demônio! Sou Khoda Khan! Eu... — Suas mãos estendidas a tocaram e, com um grito terrível, ela virou e correu até a porta, forçando o trinco. Ele apressou-se para detê-la, mas aquele frenesi em que se encontrava a deixou mais rápida. Ela abriu a porta, escapou das mãos cobiçosas e disparou pelo corredor, surda para os gritos angustiados de Khoda.

Quando Harrison saiu da casa de Joan, foi direto para o covil de Shan Yang, o qual, no coração de River Street, disfarçava-se como um botequim de baixa categoria. Era tarde. Apenas alguns sem teto reuniam-se em volta do bar e ele notou que o garçom era um chinês que nunca tinha visto antes. Encarou Harrison, impassível, mas apontou o dedão para a porta dos fundos, escondida por cortinas encardidas, quando o detetive perguntou, sem rodeios:

— Johnny Kleck está aqui?

Harrison entrou, atravessou um corredor pequeno e parcialmente iluminado e bateu de modo autoritário na porta da outra extremidade. No silêncio, escutou ratos correndo. Um disco de aço no centro da porta se abriu e um olho negro puxado brilhou pela abertura.

— Abra a porta, Shan Yang — ordenou Harrison, impaciente, e o olho desapareceu. Ouviu-se barulho de fechaduras e correntes.

Ele abriu a porta e entrou no cômodo, cuja iluminação era um pouco melhor do que a do corredor. Era grande, sombrio, sem graça e com fileiras de beliches. Fogo emanava do braseiro e Shan Yang estava indo em direção à sua cadeira habitual atrás de uma bancada perto da parede. Harrison olhou de relance àquela figura familiar, a bem conhecida jaqueta de seda customizada com dragões dourados. Harrison, então, avançou até a porta que se localizava na parede oposta à bancada na qual Shan Yang estava encaminhando-se. Aquilo era uma casa de ópio e Harrison sabia. Ele sabia que aquelas figuras nos beliches eram chineses dormindo o sono da droga. O motivo de ele não ter destruído o lugar, como fez com outras casas de ópio, apenas Harrison poderia dizer. Mas em River Street o cumprimento da lei não é tão ortodoxo quanto na Avenida Baskerville, por exemplo. Harrison estava agindo por pura necessidade e interesse próprio naquele momento. Às vezes alguns protocolos devem ser sacrificados em prol de ganhos mais importantes, especialmente quando todo distrito (e o bairro oriental) contavam com ele para aplicar a justiça.

Apesar do fedor de corpos sujos e drogas ilícitas, um cheiro característico impregnava a densa atmosfera: o cheiro do rio que paira sobre os antros de River Street, quando não brota do chão como o espírito intangível e sombrio do próprio bairro. O bar de Shan Yang, como vários outros, foi construído à margem do rio. O cômodo dos fundos se projetava acima do rio sobre estacas apodrecidas, açoitadas pelas águas negras de forma violenta.

Harrison abriu a porta, entrou e a fechou às suas costas. Seus lábios esboçaram um cumprimento que nunca pronunciou. Ele ficou mudo, observando.

Ele estava em uma pequena sala escura, sem nenhum móvel, exceto por uma mesa grosseira e algumas cadeiras. Uma lâmpada a óleo sobre a mesa emitia uma luz esfumaçada. E àquela luz ele viu Johnny Kleck. O homem estava de pé contra a parede mais distante, rígido, seus braços abertos como um crucifixo, olhos opacos e vidrados, sua feição rabugenta e malvada contorcida em um sorriso congelado. Ele não falava e os olhos de Harrison o analisaram de cima a baixo, em total choque. Os pés de Johnny não tocavam o chão...

Harrison pegou sua grande pistola azul. Johnny Kleck estava morto, o sorriso era um misto de agonia e horror. Ele foi crucificado à parede por lâminas de adagas em forma de espeto, as quais atravessavam seus pulsos e tornozelos. Suas orelhas foram pregadas na parede para manter a cabeça ereta. Mas não foi isso que o matara. A camisa de Johnny estava carbonizada, e nela havia um buraco arredondado e negro no peito.

Sentindo-se subitamente enjoado, o detetive cambaleou e abriu a porta logo em seguida, indo para uma sala maior. A luz parecia mais fraca, a fumaça mais espessa ainda. Nenhum murmúrio vinha dos beliches e o fogo no braseiro queimava azul, com faíscas esquisitas. Shan Yang agachou-se atrás da bancada, seus ombros movendo-se como se ele estivesse somando grandes números no ábaco.

— Shan Yang! — o detetive gritou, sua voz soando desagradável naquele silêncio intimidador. — Quem esteve naquela sala esta noite, além de Johnny Kleck?

O homem detrás da bancada endireitou-se e olhou para ele, o que fez Harrison sentir sua pele arrepiar. Acima da jaqueta dourada, um rosto estranho o fitava. Aquele não era Shan Yang, era um homem que nunca tinha visto; um mongol. Ele o encarou enquanto os homens que estavam nos beliches se levantavam com facilidade. Não eram chineses, eram mongóis e seus olhos pequenos e semicerrados não estavam enuviados por nenhuma droga.

Com um palavrão, Harrison correu para a porta externa, mas não foi rápido o suficiente. Deu um tiro e um homem cambaleou no meio do caminho. De repente, as luzes apagaram, os braseiros foram derrubados e, na escuridão ameaçadora, corpos firmes iam de encontro ao detetive. Unhas afiadas arranhavam sua garganta, braços grossos seguravam suas pernas e mãos firmes, sua cintura. Em algum lugar, uma voz sibilante rosnava ordens.

A mão esquerda e forte de Harrison agiu como um pistão, esmagando carne e ossos, e sua direita empunhava o cano da arma como uma clava. Ele atirou-se em direção à porta, sem enxergar e conseguiu arrastar seus atacantes apenas com sua força. Parecia estar no meio de uma massa sólida, como se a escuridão tivesse se transformado em músculos e ossos e estivesse por todo lado. Uma faca atingiu seu casaco, cortando sua pele e logo depois já lutava por ar quando uma corda de seda se enrolou no seu pescoço o enforcando e se afundando cada vez mais na carne machucada. Às cegas, encostou a arma no corpo mais próximo e atirou. Ao som abafado, algo o soltou e a pressão no seu pescoço diminuiu. Ansiando por ar, buscou a corda e a arrancou. Então, Harrison acabou caindo naquele emaranhado de corpos robustos e algo se chocou violentamente contra sua cabeça. A escuridão explodiu em uma chuva de faíscas que logo foram apagadas por um negrume estígio.

***

Enquanto recobrava seus sentidos, Steve Harrison sentiu o cheiro do rio misturado com sangue coagulado. O sangue, percebeu quando recobrou lucidez suficiente, estava em seu próprio couro cabeludo. Sua cabeça latejava, o que o fez tentar levar sua mão até lá, percebendo, assim, que estava de mãos e pés atados por laços que cortavam sua pele. Uma vela ofuscou sua visão e, por um momento, não pôde ver mais nada. Segundos depois, as coisas começaram a assumir suas verdadeiras formas, e objetos brotaram do nada, tornando-se identificáveis.

Ele estava deitado no chão em uma grande câmara quadrangular com paredes de pedra sem pintura ou reboco e, abaixo dele, a madeira do piso era nova e não havia sido pintada. O teto também era de pedra, com vigas pesadas e simples, e havia um alçapão aberto acima dele, através do qual, apesar da vela, ele teve um vislumbre das estrelas. Ar fresco corria por intermédio do alçapão, trazendo com ele o cheiro, mais forte do que nunca, do rio. A câmara não tinha nenhuma mobília e a vela ficava presa em um nicho na parede. Harrison praguejou, pensando que talvez estivesse delirando. Aquilo era como um sonho: tudo era irreal e distorcido.

Harrison tentou sentar-se, com muito esforço, mas

isso fez sua cabeça girar e ele teve que deitar outra vez, soltando palavrões fervorosamente. Gritou com fúria e um rosto quadrado, de feições orientais e com olhos pequenos semicerrados, apareceu no alçapão. Ele insultou o homem, que zombou dele enquanto se retirava. O barulho da porta abrindo suavemente fez Harrison emudecer e virar-se para ver o intruso.

Ele observou em silêncio, sentindo um formigamento atroz pelo corpo. Uma vez antes ele também esteve amarrado e impotente, encarando uma figura alta de robe negro, cujos olhos brilhavam mesmo à sombra de um capuz preto. Mas aquele homem estava morto; Harrison vira quando ele foi atingido pela cimitarra de um druso enfurecido.

— Erlik Khan! — As palavras saíram rasgando a garganta de Harrison e ele lambeu seus lábios subitamente secos.

— Sim. — Era a mesma voz sombria e vazia que o amedrontara no passado. — Erlik Khan, o Senhor dos Mortos.

— Você é um homem ou um fantasma? — exigiu Harrison.

— Estou vivo.

— Mas eu vi Ali ibn Suleyman matar você! — exclamou o detetive. — Ele atingiu sua cabeça com uma espada enorme que era tão afiada quanto uma navalha. Ele era mais forte do que eu e golpeou você com toda a força que tinha. Seu capuz se dividiu em dois...

— E caí como um homem morto sobre meu próprio sangue — finalizou Erlik Khan. — Mas o capacete de aço que usava embaixo do meu capuz, do mesmo tipo que uso agora, salvou minha vida naquele dia e em muitos outros. Aquele golpe terrível rachou o topo do capacete e cortou meu couro cabeludo, fraturando meu crânio e causando concussão no cérebro, mas sobrevivi. Alguns dos meus leais seguidores, os que escaparam da espada do druso, carregaram-me pelos túneis subterrâneos que saíam de minha casa e foi assim que escapei do prédio em chamas. Por semanas podiam confundir-me com um morto. Foi apenas quando trouxeram um homem muito sábio da Mongólia que recuperei os sentidos e a sanidade. Agora estou pronto para retomar meus planos de onde parei, embora haja tanto o que reconstruir. Muitos dos meus seguidores antigos esqueceram da minha autoridade e tiveram de ser ensinados novamente sobre quem é o mestre.

— E o professor foi você — grunhiu Harrison, recuperando seu jeito provocador.

— Correto. Mas tive que usar alguns como exemplo. Um homem caiu do telhado, o outro foi picado por uma cobra e um terceiro foi esfaqueado em um beco escuro. Contudo, havia outra questão. Joan La Tour me traiu e ela sabe segredos demais. Ela tinha que morrer. A diferença é que ela tinha que sofrer antes disso, então a enviei uma página do Livro da Morte.

— Seus capangas mataram Kleck — acusou Harrison.

— Evidentemente. Todos os telefones do edifício de Joan estão grampeados. Eu mesmo escutei sua conversa com Kleck e é por isso que você não foi atacado quando saiu do prédio: percebi que tinha você nas minhas mãos. Decidi mandar meus homens ocuparem o covil de Shan Yang e, já que ele não precisa mais da jaqueta, ela pôde ser usada para enganar você. Kleck, de algum modo, descobriu sobre a minha volta; esses idiotas são espertos, mas ele acabou tendo tempo de se arrepender. Ficaria surpreso se soubesse quanto tempo uma pessoa demora para morrer com uma ponta afiada de aço extremamente quente perfurado seu peito.

Harrison não disse nada e o mongol continuou.

— Escrevi seu nome no meu livro porque considero você meu oponente mais perigoso. Foi por sua causa que Ali ibn Suleyman voltou-se contra mim. Estou reconstruindo meu império, mais firme e forte desta vez. Em primeiro lugar, devo consolidar River Street e criar uma máquina política que governe a cidade. Os homens que atualmente ocupam os cargos políticos nem suspeitam da minha existência e, se todos morressem, não seria difícil achar outros para substituí-los... e que não sejam indiferentes ao brilho do ouro.

— Você é louco — disse Harrison, com raiva. — Comandar a prefeitura da cidade daqui? Um bar em River Street?

— Já está feito — respondeu o mongol, tranquilamente. — Irei aparecer como uma cobra no escuro. Apenas os homens que obedecerem ao meu representante irão permanecer vivos. Ele será um homem branco, alguém que consiga convencer as pessoas de que é o líder enquanto permaneço escondido. Você poderia ter sido essa pessoa, se fosse um pouco mais inteligente.

Erlik sacou um objeto pesado debaixo do seu braço, um livro grosso com uma capa negra e macia de ébano com jades verdes nas dobradiças. Ele folheou as páginas que continham os tons da noite e Harrison viu que elas estavam cobertas de palavras tingidas de carmim.

— Meu Livro da Morte — disse Erlik Khan. — Muitos nomes foram riscados e muitos outros adicionados desde que recobrei minha sanidade e tenho certeza de que alguns deles interessariam a você. Tenho aqui o nome do prefeito, por exemplo, do chefe da polícia, do promotor público e vários vereadores.

— Aquele golpe deve ter danificado seu cérebro de

modo permanente — rosnou Harrison. — Você acha mesmo que pode matar e substituir todo o governo municipal e se safar?

— Eu posso e vou. Cada um desses homens morrerá de uma maneira e colocarei apenas os de minha escolha no lugar deles. Dentro de um ano terei essa cidade na palma da minha mão e não terá ninguém para interferir nos meus planos.

Encarando a figura bizarra cujos traços ficavam, como sempre, impossíveis de reconhecer sob o capuz, Harrison arrepiou-se com a certeza de que o mongol estava realmente louco. Aqueles sonhos sangrentos, sempre horrendos, eram grotescos e inacreditáveis demais para um homem totalmente são. Ainda assim, ele era perigoso como uma serpente enfurecida. Seu plano monstruoso deveria falhar de uma vez por todas, e a vida de vários homens estavam em suas mãos. E Harrison, em quem a cidade confiava sua proteção contra qualquer ameaça que o bairro oriental pudesse criar, encontrava-se amarrado e indefeso diante dele. O detetive praguejou em fúria.

— Sempre um homem violento — debochou Erlik Khan, com um tom de desprezo na voz. — Bárbaro! Que acredita em armas brancas e armas de fogo, que tentaria impedir o avanço do poder imperial a base de golpes dos próprios punhos! Murros descontrolados para todos os lados! Bem, eles acabaram aqui. Sente o cheiro úmido do rio que entra pelo teto? Em breve irá envolvê-lo totalmente e seus sonhos e aspirações serão só mais alguns que foram afogados no rio.

— Onde estamos? — perguntou Harrison.

— Em uma ilha abaixo da cidade, onde o pântano começa. No passado, uma fábrica e vários depósitos funcionavam aqui, mas foram abandonados quando a cidade começou a crescer para outro lado e estão se desintegrando há vinte anos. Comprei toda a ilha por intermédio de um dos meus ajudantes e, por motivos particulares, estou reconstruindo uma mansão de pedra que havia aqui antes da fábrica ser construída. Ninguém nota porque meus próprios homens são os operários e ninguém nunca vem a esta ilha pantanosa. Não dá para enxergar a casa do rio; ela fica escondida entre o emaranhado de depósitos antigos e apodrecidos. Você chegou a este lugar em uma lancha que foi ancorada embaixo do cais apodrecido atrás do bar de Shan Yang. Logo outro barco irá buscar meus homens que ficaram encarregados de descartar o corpo de Joan La Tour.

— Não vai ser tão fácil — comentou o detetive.

— Não se preocupe. Eu sei que ela convocou aquele lobo peludo, Khoda Khan, para ajudar e é verdade que meus homens não conseguiram matá-lo antes que chegasse no prédio, mas acredito que você tenha encontrado Kleck por conta da sua falta de confiança no afegão. Eu imaginava que você fosse continuar com aquela menina tola para tentar protegê-la à sua maneira.

Em algum lugar debaixo deles, um gongo soou. Erlik Khan não se assustou, mas o erguer da sua cabeça denotou surpresa, e ele fechou o livro negro.

— Perdi tempo demais com você — ele disse. — Uma vez antes já lhe disse adeus em um dos meus calabouços. Mas o fanatismo de um druso louco salvou sua vida. Desta vez nada vai estragar meus planos. Os únicos homens nesta casa são os mongóis que têm como única lei as minhas vontades. Estou saindo, mas você não ficará sozinho. Logo mais alguém virá aqui.

E com uma risada baixa e arrepiante, a figura fantasmagórica passou pela porta e desapareceu. Harrison ouviu o barulho da fechadura sendo trancada do lado de fora e, em seguida, fez-se silêncio.

Subitamente, a calmaria foi interrompida por um grito abafado. Ele vinha de algum lugar do piso inferior e foi repetido meia dúzia de vezes. Harrison estremeceu. Nenhum ser humano que já visitou um manicômio falharia em reconhecer aquele som. Era o grito de uma mulher ensandecida. Fora de si. Após os gritos, o silêncio parecia ainda mais sufocante e ameaçador.

Harrison gritou palavrões para aquietar seus sentimentos e outra vez a cabeça encapuzada de veludo do mongol apareceu no alçapão.

— Sorria, seu mongol imbecil — grunhiu Harrison, forçando suas amarras até as veias da têmpora ficarem visíveis. — Se eu pudesse rasgar essas malditas cordas, socaria esse sorriso no seu rabo, seu... — e entrou em detalhes minuciosos sobre os ancestrais do mongol, demorando-se nas fases mais escandalosas e, em meio a seu monólogo barulhento, viu o sorriso malicioso mudar de repente para uma careta assustada. A cabeça sumiu do alçapão e Harrison escutou um barulho parecido com o golpe do cutelo de um açougueiro.

Momentos depois, um novo rosto apareceu no buraco do teto. O homem era barbudo e parecia selvagem com seu turbante desgrenhado e seus olhos injetados de sangue vermelho.

— *Sahib*! — sussurrou o estranho.

— Khoda Khan! — exclamou o detetive, reanimando-se. — O que raios está fazendo aqui?

— Fale baixo — murmurou o afegão. — Não deixe que os malditos nos escutem.

Khoda jogou a ponta solta de uma escada de corda e desceu, apressado, sem fazer barulho algum quando seus pés tocaram o chão. Carregava sua longa faca com os dentes e sangue pingava da ponta.

Agachando-se atrás do detetive, o liberou com golpes

descuidados que ameaçavam cortar mais do que apenas a corda. O afegão estremecia com uma fúria quase descontrolada. Seus dentes brilhavam como as presas de um lobo em meio à barba emaranhada.

Harrison se sentou, esfregando seus pulsos inchados.

— Onde está Joan? Rápido! Onde ela está?

— Aqui! Nesse antro maldito!

— Mas...

— Era ela gritando uns minutos atrás — interrompeu o afegão e os pelos de Harrison se arrepiaram com uma vaga premonição monstruosa.

— Mas aquilo era uma mulher totalmente fora de si. — As palavras mal conseguiram sair de sua boca.

— A *sahiba* está fora de si — disse Khoda Khan de modo sombrio. — Escute, *sahib*, e depois decida se a culpa foi toda minha. Depois que você saiu, aqueles malditos tentaram entrar e um deles desceu do teto por uma corda. Eu o esfaqueei e matei mais alguns que tentaram forçar a porta, mas, quando voltei para encontrar *sahiba*, ela não me reconheceu e fugiu de mim. Quando saiu pela rua, os outros miseráveis deviam estar por perto, espreitando, porque um carro enorme apareceu no meio da névoa enquanto ela corria histérica. Um mongol esticou um braço e a arrastou para dentro do carro, bem embaixo dos meus olhos. Eu vi seu maldito rosto amarelo pela luz dos postes da rua. Eu sabia que ela estaria melhor morta do que nas mãos deles e comecei a atirar no carro, mas ele sumiu como Iblis, o Maligno, foge de Allah e, se minha bala acertou alguém, realmente não sei. Então, ao que rasguei minha roupa e amaldiçoei o dia em que nasci, pois não podia sair em perseguição a pé, Allah quis que outro carro aparecesse. O motorista era um jovem com roupas de gala e deveria estar voltando de uma festa, com certeza. Ele ficou curioso e diminuiu a velocidade perto do meio fio para observar meu sofrimento. Então, rezando para Allah, entrei ao lado dele e pressionei minha faca contra suas costelas. O menino estava com muito medo, então obedeceu e aumentou a velocidade. Havia perdido de vista o carro dos malditos, mas por um breve momento o vi de relance e mandei o jovem acelerar. O carro estava tão rápido que parecia voar como o corcel do Profeta. Logo, vi o carro deles parando na margem do rio e mandei o menino parar também. Ele saltou do carro e saiu correndo para o lado oposto, louco de medo. Corri pela escuridão, sedento pelo sangue dos malditos, mas antes que pudesse chegar na margem vi quatro mongóis saírem do carro carregando a *memsahib*, que estava amarrada e amordaçada. Eles entraram em uma lancha e foram em direção a uma ilha que fica no centro do rio, como uma nuvem escura. Fiquei andando de um lado para o outro na margem, como um homem louco e estava quase entrando no rio para vir nadando, ainda que a distância fosse bem grande, quando topei com um barco a remo acorrentado a uma estaca. Louvei Allah e cortei a corrente com a minha faca (vê os dentes no fio?) e remei em grande velocidade atrás dos malditos. Eles estavam muito a frente, mas Allah fez com que o motor da lancha parasse quando estavam quase chegando na ilha. Eu agradeci enquanto escutava seus xingamentos naquela língua bárbara e esperei estar mais perto para matar todos antes que soubessem que estava ali. Não me viram na penumbra, nem ouviram o barulho do remo batendo a água porque eles próprios já estavam fazendo barulho o suficiente, mas antes que pudesse alcançá-los, o motor voltou a funcionar. Eles desceram em uma margem pantanosa no cais e estavam um pouco longe do meu barco, mas demoraram-se a descer e me aproximei enquanto conduziam a *memsahib* através das sombras dos barracos decadentes que estavam por toda parte. Eu estava pronto para matar um por um, mas eles chegaram em uma grande casa de pedra no meio de uma confusão de prédios decrépitos antes que pudesse alcançá-los. A casa era esta aqui e tem uma cerca de aço cheia de pontas afiadas a rodeando, mas, por Allah, ela não pode impedir um gatuno de Khyber! Rasguei minhas roupas, mas passei sem muita dificuldade. Na parte de dentro tem uma segunda porta de pedra, mas está em ruínas. Me escondi nas sombras perto da casa e vi que as janelas estão bem protegidas e as que as portas são bastante pesadas. Além disso, a parte mais baixa da casa está cheia de homens armados, então subi pelo canto da parede, o que não foi fácil, mas logo cheguei no telhado, que naquela parte é plano, com a ajuda de um parapeito. Esperava alguém lá em cima cuidando da casa, e realmente tinha, mas ele estava muito ocupado debochando do seu prisioneiro para me ver ou ouvir até minha faca o levar para o inferno. Aqui está o punhal dele. Ele não carrega arma.

Harrison, de forma automática, pegou o impetuoso punhal de lâmina inclinada.

— Mas o que causou a loucura de Joan?

— *Sahib*, havia uma garrafa quebrada de vinho no chão e uma taça. Não tive tempo de investigar, mas sei que aquele vinho deve ter sido envenenado com o néctar de uma fruta chamada romã negra. Ela não pode ter bebido muito, senão teria morrido espumando pela boca e mordendo como um cão raivoso. Mas basta apenas um pouco para roubar a sanidade de qualquer um. A fruta cresce na selva da Indochina e homens brancos dizem que é mentira, mas não é. Já vi homens morrendo depois de beberem esse néctar três vezes na vida e mais de uma vez já presenciei homens, e mulheres também, ficando loucos por culpa disso. Já viajei por esse país infernal onde ela cresce.

— Deus! — Harrison sentiu-se tonto pela náusea que se apossou dele, mas não por muito tempo. Logo depois, suas grandes mãos cerraram-se em volta de um pedaço de ferro e um fogo sinistro brotou nos seus olhos azuis selvagens. O horror e a repulsa foram seguidos de uma fúria perigosa como a sede de sangue de um lobo cinzento. — Talvez ela já esteja morta — ele murmurou, grosseiramente. — Mas viva ou morta, iremos mandar Erlik Khan para o Inferno. Tente aquela porta.

Era feita de teca pesada e protegida por correias de bronze.

— Está trancada — murmurou o afegão. — Devemos arrombá-la.

Ele estava quase lançando seus ombros contra a porta quando parou, empunhando sua longa faca de Khyber tão rápido quanto um raio de luz.

— Alguém está vindo — ele sussurrou e, um segundo depois, as orelhas mais civilizadas e, por isso, menos atentas, de Harrison captaram algo parecido com o som das patas de um gato.

Harrison agiu imediatamente. Ele empurrou o afegão para trás da porta e sentou no centro do quarto, envolveu um pedaço da corda nos seus tornozelos e então deitou-se no chão com as mãos às costas, debaixo dele. Estava deitado nos outros pedaços de corda arrebentada, as escondendo, e, para alguém que passasse sem prestar muita atenção, ele pareceria um homem deitado com pés e mãos amarrados. O afegão entendeu e sorriu largo.

Harrison trabalhou com a rapidez de mente e músculo treinados, o que eliminava atrasos por descuido e bagunça, e o fez atingir seu propósito em questão de segundos e sem barulhos excessivos. Uma chave foi girada na fechadura enquanto se aprontava e logo depois foi aberta por um mongol gigante, que ficou parado na soleira. Ele era careca e suas feições quadradas não demonstravam qualquer emoção, o fazendo parecer um ídolo de cobre. Em uma mão ele carregava um bloco de ébano com formato curioso, e na outra uma clava igual a usada pelos cavaleiros de Ghengis Khan. Era uma clava de aço com punho liso e ponta arredondada coberta com tachas de aço, e uma saliência na outra ponta para impedir a mão de escorregar.

Ele não viu Khoda Khan porque, ao que escancarou a porta, o afegão ficou escondido atrás dela. Khoda Khan não o esfaqueou assim que entrou porque o afegão não conseguia ver o corredor, sendo assim não tinha como saber quantos homens acompanhavam o primeiro. Mas o mongol estava sozinho e ele não se importou em fechar a porta. Foi direto no homem deitado no chão, fazendo uma leve carranca ao ver a escada de corda pendurada no alçapão, já que não era normal ser deixada daquele jeito. Curiosamente, o algoz não demonstrou desconfiança nem chamou o homem que ficava no telhado.

O mongol não examinou as cordas de Harrison. O detetive estava com a aparência que o mongol esperava, e isso era o suficiente. Quando o asiático se abaixou, Harrison pôde ver Khoda Khan sobre os ombros dele, saindo de trás da porta tão silencioso quanto uma pantera.

Inclinando a clava contra a perna, com a ponta cravejada virada para baixo, o mongol agarrou a blusa de Harrison com uma mão e ergueu sua cabeça do piso enquanto enfiava o bloco embaixo dela. Como duas serpentes, as mãos do detetive saltaram direto para o pescoço grosso do mongol, o sufocando.

Não houve grito. Instantaneamente os olhos puxados do mongol esbugalharam-se e seus lábios partiram-se em uma careta. Com um forte impulso, o mongol levantou-se, levando Harrison e suas mãos insistentes consigo, mas o peso do americano fez os dois caírem outra vez. As mãos do mongol tentaram, freneticamente, tirar o punho de ferro de Harrison de sua garganta, mas o gigante convulsionou e uma breve agonia atravessou seus olhos negros. Khoda Khan havia cravado sua faca entre os ombros do mongol e a ponta cortou a seda e depois saiu pelo tórax do homem.

Harrison pegou a clava, satisfeito. Era uma arma que combinava mais com o seu temperamento do que o punhal que Khoda Khan lhe dera. Sem dúvida, o detetive sabia o que o mongol faria com aquela arma, pois, se estivesse amarrado e sozinho quando o assassino entrasse, seus miolos estariam, agora, na ponta cravejada da clava e no bloco oco de ébano que acomodava uma cabeça humana tão bem. As execuções de Erlik Khan variavam das mais sutis e requintadas às mais cruéis e bestiais.

— A porta está aberta — disse Harrison. — Vamos!

Não havia chaves no cadáver. Harrison duvidava que a chave da porta abrisse qualquer outra fechadura do prédio, mas trancou a porta e colocou a chave no bolso, esperando que isso impedisse o corpo de ser descoberto.

Eles chegaram em um corredor de iluminação fraca que tinha a mesma aparência inacabada do cômodo que haviam recém deixado. Na outra ponta, as escadas terminavam em um breu e eles tiveram que descer de forma cautelosa. Harrison apalpava a parede para guiar seus passos. Khoda Khan parecia ver como um gato no escuro e caminhava em silêncio e de modo confiante. Mas foi Harrison que descobriu a porta. Sua mão, movendo-se através da superfície convexa, sentiu a pedra lisa transformar-se em madeira; era uma espécie de porta estreita, através da qual um homem poderia esgueirar-se. Quando a parede estivesse coberta com tapeçarias, como ele sabia que aconteceria assim que Erlik Khan terminasse a reconstrução da sua casa, a passagem secreta estaria bem escondida.

Khoda Khan, atrás dele, estava ficando cada vez mais impaciente com o atraso até escutarem, de algum lugar abaixo deles, um barulho. Poderia ter sido um homem subindo as escadas sinuosas e poderia não ser, mas Harrison agiu por instinto. Ele empurrou e a porta abriu sem emitir nenhum ruído. Seu pé tateou e encontrou degraus estreitos na parte de dentro. Com uma palavra sussurrada ao afegão, ele deu um passo à frente e Khoda Khan o seguiu. Ele fechou a porta novamente e eles ficaram imersos na total escuridão rodeados de paredes curvas. Harrison acendeu um fósforo e uma escada estreita se revelou, rumando para baixo.

— Esse lugar deve ter sido construído como se fosse um castelo — murmurou Harrison, olhando de um jeito curioso para as paredes grossas. O fósforo apagou-se e tiveram que descer tateando as paredes em uma escuridão tão espessa que nem o afegão conseguia penetrar. E, subitamente, ambos pararam. Harrison calculou que eles deveriam ter chegado no segundo andar e, através da parede interna, ouviram vozes baixas. Harrison buscou por outra porta ou um olho mágico para espiar, mas não encontrou nada parecido. Forçando sua orelha para mais perto da pedra, começou a entender o que era dito do outro lado da parede. E um rosnado raivoso o alertou que Khoda Khan também.

A primeira voz era de Erlik Khan; aquela reverberação oca era inconfundível. Ele foi respondido por um choramingo incoerente e deplorável que causou em Harrison um repentino estremecimento.

— Não — o mongol estava dizendo. — Eu voltei. Não do inferno, como suas superstições bárbaras sugerem, mas de um refúgio desconhecido para sua polícia estúpida. Fui salvo da morte pelo capacete de aço que sempre uso sob meu capuz. Você não lembra como chegou até aqui?

— Não entendo! — Era a voz de Joan La Tour, um pouco histérica, mas inegavelmente sã. — Lembro-me de abrir uma garrafa de vinho e, assim que bebi, soube que ela havia sido adulterada. Depois tudo ficou fora de foco. Não lembro de nada, exceto grandes paredes negras e formas terríveis esquivando-se da escuridão. Corri através corredores sombrios gigantes por mil anos...

— Eram alucinações causadas pelo néctar da romã negra — respondeu Erlik Khan. Khoda Khan murmurava blasfêmias até que Harrison o mandou fazer silêncio com uma cutucada feroz no seu cotovelo. — Se você tivesse bebido mais, teria morrido como um cão raivoso. Como a dose foi pouca, você ficou apenas fora da realidade. Mas eu sabia qual era o antídoto e tinha a droga que restauraria sua sanidade.

— Por quê? — a mulher lamuriava, desconcertada.

— Porque não queria que você morresse como uma vela cuja chama é apagada de repente, minha linda orquídea branca. Quero que esteja totalmente sã, para que possa provar os últimos resquícios da vergonha e da agonia de uma morte requintada e prolongada. Para os belos, uma bela morte. Para os hediondos, a mesma morte dos bois, como a que decretei para seu amigo Harrison.

— Será mais fácil de decretar do que executar — ela retorquiu com o espírito renovado.

— Já está feito — o mongol garantiu, imperturbável. — O carrasco já foi encontrá-lo e, a esta hora, a cabeça do Sr. Harrison lembra um ovo esmagado.

— Oh, Deus! — Ouvindo a tristeza e o pesar doído daquele lamento, Harrison agitou-se e lutou contra o desejo frenético de gritar em negação e reconfortar Joan.

Então ela lembrou de algo mais que a torturava.

— Khoda Khan! O que fez com Khoda Khan?

Ao som do seu nome, os dedos do afegão apertaram como aço o braço de Harrison.

— Quando meus homens trouxeram você, não tiveram tempo de lidar com ele — respondeu o mongol. — Não esperavam trazê-la viva e, quando o destino a jogou nas mãos deles, vieram na hora. Ele não importa muito. Verdade, ele matou quatro dos meus melhores homens, mas aquilo foi só o feito de um lobo. Ele não é racional. Ele e o detetive são muito parecidos: apenas força bruta, músculos e nenhum cérebro. São indefesos contra um intelecto como o meu. Logo devo cuidar dele. Seu corpo será jogado em uma pilha de estrume junto com porcos mortos.

— Allah! — Harrison sentiu Khoda Khan tremer em fúria — Mentiroso! Vou alimentar os ratos com suas tripas!

A única coisa que impediu o muçulmano enlouquecido de atacar a parede de pedra em uma tentativa de arrebentar seu inimigo foi o aperto de Harrison em seu braço. O detetive estava correndo sua mão sobre a superfície, procurando uma porta, mas apenas encontrava pedras lisas. Erlik Khan não tivera tempo de fornecer à sua casa inacabada tantas passagens secretas quanto seus becos geralmente possuíam.

Eles escutaram o mongol bater palmas de modo autoritário e sentiram quando homens entraram no cômodo. Comandos guturais foram dados na língua mongol. Houve um distinto grito de dor ou medo e então, quando a porta fechou de modo suave, restou apenas o silêncio. Mesmo que não pudessem ver, os dois homens sabiam, por instinto, que a câmara do outro lado da passagem estava vazia. Harrison quase sufocou de pânico e raiva quando se viu impotente. Estava cercado por aquelas paredes infernais e Joan La Tour estava sendo levada para alguma morte abominável.

— *Wallah*! — o afegão estava alucinado. — Eles a levaram para matá-la! Sua vida e nossa honra está em jogo! Pelas barbas do Profeta! Incendiarei esta casa amaldiçoada! E apagarei o fogo com o sangue dos mongóis! Por Allah, *sahib*, vamos fazer alguma coisa!

— Vamos lá — rosnou Harrison. — Deve ter outra porta em algum lugar!

Imprudentemente, eles desceram a escada sinuosa. Chegando no primeiro andar, a mão tateante de Harrison sentiu uma porta, contudo, ao encontrar o trinco, ele moveu-se sob seus dedos. O barulho deve ter atravessado a construção de madeira, pois ela se abriu e uma cabeça raspada apareceu. O mongol piscou na escuridão e Harrison bateu com a clava na cabeça careca, saboreando sua vingança enquanto sentia o crânio ceder sob a ponta de ferro cravejada. O homem caiu e Harrison saltou sobre seu corpo para alcançar o outro cômodo antes que pudesse descobrir se havia mais deles, mas a câmara estava vazia. Nela havia carpetes grossos, e paredes cobertas por tapeçarias de veludo negras. As portas eram de teca e bronze, com maçanetas douradas e curvadas. Khoda Khan apresentou um contraste incongruente por estar descalço, com um turbante sujo e uma faca manchada de vermelho.

Mas Harrison não parou para filosofar. Não conhecendo os ambientes da casa, um caminho era tão bom quanto o outro. Ele escolheu uma porta aleatória e a abriu, revelando um grande corredor com carpetes e tapeçarias iguais aos da câmara. Na outra ponta, atrás das amplas cortinas de cetim que pendiam do teto ao chão, uma fila de homens estava quase desaparecendo. Eram mongóis altos vestindo seda preta e tinham a cabeça inclinada de forma soturna, como se fizessem parte de um trem carregando fantasmas sombrios. Eles não olharam para trás.

— Siga eles! — esbravejou Harrison. — Devem estar indo para a execução…

Khoda Khan já estava na metade do corredor, como um furacão vingativo. O carpete grosso abafava seus passos, então nem os grandes pés de Harrison faziam barulho. Havia uma sensação distinta de irrealidade circulando silenciosamente pelo corredor extravagante; era como um sonho, onde as leis naturais não estão em vigor. Mesmo naquele momento, Harrison teve tempo de refletir que aquela noite inteira fora como um pesadelo, um apenas possível no bairro oriental, onde toda violência e o derramamento de sangue eram como um sonho ruim. Erlik Khan havia libertado as forças do caos e da insanidade. A matança estava ensandecida. E seu frenesi foi transmitido a todas as ações e homens presos em seu redemoinho.

Khoda Khan já estava respirando fundo para gritar e ia erguer sua faca para rasgar as cortinas de ponta a ponta se Harrison não tivesse o impedido. Os músculos do afegão pareciam cabos de aço sob as mãos Harrison. O detetive chegou a duvidar de sua própria habilidade para contê-lo à força, mas um vestígio de sanidade se apossou do homem da colina.

Empurrando Khoda para trás, Harrison olhou através das cortinas. Havia uma grande porta de folhas duplas, mas estava parcialmente aberta e ele conseguiu olhar para dentro. Khoda Khan decidiu espionar por cima do seu ombro, fazendo a barba grudar no pescoço de Harrison.

Era uma câmara enorme com as mesmas tapeçarias de veludo negro decorando as paredes, mas essas tinham dragões dourados que davam a impressão de estarem se movimentando. Havia tapetes espessos, e velas suspensas no teto de marfim incrustado lançavam a luz vermelha que provocava a ilusão. Homens de robes negros encostados na parede poderiam ser confundidos com sombras se não fosse por seus olhos cintilantes.

Em uma cadeira de ébano parecida com um trono, sentava uma figura sombria e imóvel como uma pintura, exceto quando seu robe frouxo se mexia com o vento fraco. Harrison sentiu seus pelos da nuca se arrepiarem, assim como acontece com os pelos dos cachorros ao menor sinal do inimigo. Khoda Khan murmurou alguma blasfêmia incoerente.

O trono do mongol estava situado contra a parede lateral. Ninguém jazia perto dele enquanto sentava em magnificência solitária como um ídolo refletindo sobre a perdição humana. No centro do cômodo ficava o que aparentava ser um altar de sacrifício: era um bloco de pedra curiosamente esculpido que poderia ter saído do coração do Gobi. Naquela pedra estava Joan La Tour, tão pálida quanto uma estátua de mármore, com seus braços estendidos como um crucifixo e as mãos e pés esticados para fora do bloco. Seus olhos arregalados olhavam para cima, como se tivesse perdido a esperança. Joan estava consciente da sua sentença e ávida apenas pela morte que colocaria um ponto final na sua agonia. A tortura física ainda não havia começado, mas um homem magricelo e bruto seminu agachou-se na ponta do altar, esquentando a ponta de uma haste de bronze em um recipiente cheio de brasas reluzentes.

— Maldição! — O praguejo que saiu dos lábios de Harrison foi parte fúria, parte suspiro. Então ele foi empurrado e Khoda Khan entrou na câmara como um dervixe voador. Tinha a barba arrepiada, os olhos ardentes, a faca em mãos e tudo mais. Erlik Khan ergueu-se com um sobressalto violento enquanto o afegão destruía todo o cômodo, como faria um furacão. O torturador apareceu bem a tempo de chocar-se com a faca comprida de Khoda no meio de seu movimento, e ela partiu seu crânio ao meio.

— Aie! — os mongóis gritaram em uníssono.

— *Allahu akbar*! — gritou Khoda Khan, girando a faca manchada de sangue sobre a cabeça. Ele se jogou em direção ao altar, cortando as amarras de Joan com um furor que ameaçava desmembrar a mulher.

Depois, por todos os lados, as figuras de robe negro foram para cima dele, não percebendo, por estarem muito confusos, que o afegão fora seguido por outra figura sombria, que apareceu com menos desprendimento, mas igual ferocidade.

Eles só identificaram Harrison quando ele distribuiu prodigiosos golpes com sua clava, pela esquerda e pela direita, atingindo os homens como se fossem pinos de boliche, e chegou ao altar através de um espaço feito naquela multidão caótica. Khoda Khan livrara a mulher e virou-se para frente, cuspindo como um gato, deixando seus dentes brilhantes à mostra e cada pelo da sua barba eriçado de ponta a ponta.

— *Allah*! — ele gritou. Cuspiu no rosto dos mongóis mais próximos, agachou-se como se fosse saltar no meio deles, mas então girou e correu em direção ao trono de ébano.

A rapidez e a imprevisibilidade dos seus movimentos eram chocantes. Com um grito sufocado, Erlik Khan atirou a queima-roupa e errou. Khoda Khan não perdeu tempo e, enquanto dava um grito ensurdecedor, sua faca afundou no peito do mongol, cuja ponta atravessou em um palmo o corpo vestido de preto.

Por conta de sua pressa, seu impulso foi forte demais e Khoda Khan acabou colidindo com a figura caída, tombando de volta no trono de ébano, que se rachou com o impacto de dois corpos pesados. Afastando-se e libertando sua faca que pingava sangue, Khoda Khan a ergueu e uivou como um lobo.

— *Ya Allah!* Achava que o capacete de aço ia salvá-lo? Vá para o inferno levando o gosto de minha faca nas suas entranhas!

Ouviu-se um longo suspiro de tomada de ar enquanto os mongóis observavam de olhos arregalados a figura de robe preto manchada de sangue esmagada de modo grotesco entre as ruínas de um trono quebrado. E, nesse instante em que eles estavam paralisados e sem reação, Harrison agarrou Joan e correu para a porta mais próxima, berrando:

— Khoda Khan! Por aqui! Rápido!

Com um uivo e um tinir de espadas, os mongóis foram atrás deles. O medo das lâminas de aço em seu encalço fez os grandes pés de Harrison trabalharem mais rápido e Khoda Khan correu até a porta, desviando das armas afiadas para encontrá-lo.

— Acelere, *sahib*! Pelo corredor! Vou dar cobertura a você!

— Não! Pegue Joan e corra! — Harrison literalmente jogou Joan nos braços do afegão e voltou à porta de entrada, erguendo a clava. Ele estava tão furioso quanto Khoda Khan, mas do seu jeito, absorto na loucura que às vezes inspirava homens no meio do combate.

Os mongóis corriam como se estivessem, também, loucos por sangue. Eles se aglomeraram na porta com suas faces quadradas e raivosas e corpos vestidos de seda antes que Harrison pudesse fechá-la. Facas o cortaram e, agarrando a clava com as duas mãos, ele a empunhou como um malho, causando horrendo estrago contra os homens que se espremiam na porta, forçados pela pressão vinda de trás. As luzes, as faces enfurecidas que se dissolviam em ruína carmim sob sua clava, tudo nadava em uma névoa vermelha. Ele não estava ciente da sua identidade individual. Era apenas um homem com um porrete, transportado cinquenta mil anos no tempo, de peito cabeludo, olhos vermelhos e primitivos, totalmente possuído pelo instinto rubro da chacina.

Ele sentia vontade de uivar em uma exultação incoerente a cada golpe da clava que esmagava crânios e fazia sangue espirrar em seu rosto. Não sentiu as facas que o tocaram, mal percebendo quando os homens à sua frente recuaram apavorados com o caos que estava causando. Ele não fechou a porta, ela estava bloqueada por uma massa horrenda de carne humana disforme e poças de sangue.

Ele se viu correndo pelo corredor, sua respiração vindo em curtos arquejos, seguindo algum instinto sombrio de preservação ou cumprimento do dever que se fazia ouvir em meio ao desejo confuso e violento de agarrar seus inimigos e atacar, atacar e atacar até que ele próprio fosse envolvido nas ondas rubras da morte. Nesses momentos, a paixão por morrer, e morrer lutando, é quase igual ao desejo de viver.

Atordoado, chocando-se nas paredes e voltando a si, ele alcançou o fim do corredor, onde Khoda Khan estava tendo dificuldades com uma fechadura. Joan já estava de pé, ainda que meio cambaleante, e parecia a ponto de entrar em colapso. A multidão estava se aproximando, gritando por eles. Um Harrison grogue empurrou Khoda Khan e, girando a clava suja de sangue sobre sua cabeça, golpeou a porta com toda a força, o que destruiu a fechadura e arrebentou o trinco. Ao passaram por ela, Khoda

Khan fechou a porta em ruínas que estava quase separada das dobradiças, mas que, de algum modo, não desabou. Havia suportes de metal pesado em cada batente e Khoda Khan encontrou e largou uma barra de ferro no lugar apropriado quando a multidão avançava contra eles.

Do outro lado da porta destruída, os mongóis uivavam e cravavam suas facas, mas Harrison sabia que até eles cortarem madeira suficiente que os permitissem remover a barra de ferro atravessada na porta, ela permaneceria no lugar. Recuperando um pouco da sua sagacidade e sentindo-se um pouco nauseado, ele agrupou seus companheiros à sua frente com uma pressa desesperada. Harrison notou, mas sem dar muita atenção, que havia sido esfaqueado na panturrilha, na coxa, no braço e no ombro. Sangue encharcava sua camisa e escorria em grande quantidade. Os mongóis forçavam a porta, rosnando como chacais em volta da carniça.

As rachaduras da porta estavam aumentando e, através dela, ele viu outros mongóis correndo pelo corredor com rifles na mão. Bem no momento que se perguntava por que eles não atiravam na porta, viu o motivo. Eles estavam em uma câmara convertida em paiol. Embalagens de cartuchos estavam empilhadas ao longo da parede e havia, pelo menos, uma caixa de dinamite. Procurou em vão por rifles ou pistolas. Evidentemente, estavam armazenados em outra parte da casa.

Khoda Khan estava soltando os parafusos da porta oposta, mas pausou para olhar em volta com sua cara zangada e gritou:

— Allah!

Khoda achou uma caixa aberta e pegou algo de dentro. Estando prestes a jogar o que quer que fosse, quando Harrison agarrou seu pulso.

— Não jogue isso, seu idiota! Vai explodir tudo e nos

mandar para o inferno! Eles estão com medo de atirar nessa câmara, mas vão destruir a porta daqui a poucos segundos e nos matar com suas facas. Ajude Joan!

O que Khoda Khan havia encontrado era uma granada de mão. Era única em uma caixa, agora vazia, como Harrison confirmou com um olhar. O detetive arrombou a porta e a fechou atrás deles ao que mergulhavam na noite estrelada. Joan cambaleava e era meio carregada pelo afegão. Eles pareciam ter surgido nos fundos da casa e correram em um espaço aberto como criaturas amedrontadas procurando um refúgio. Havia um muro de pedra decadente, não muito alto, que começaram a atravessar por de uma brecha larga, parando apenas quando escutaram um gemido saindo dos lábios de Harrison. Trinta passos atrás do muro em ruínas se erguia a cerca de aço que Khoda Khan havia comentado de, aproximadamente, três metros de altura e coberta de pontas afiadas. A porta abriu atrás deles e um tiro foi disparado. Eles estavam sem saída. Se tentassem pular a cerca os mongóis os matariam com facilidade, como se fossem moscas.

— Atrás do muro! — rosnou Harrison, forçando Joan a esconder-se em uma parte do muro de pedra que não estava desmoronada. — Antes que nos matem, vamos fazê-los pagar por isso!

A porta estava lotada de faces contorcidas pelo ódio, agora fitando-os em triunfo. Vários mongóis seguravam rifles. Eles sabiam que suas vítimas não tinham armas de fogo e que não poderiam escapar, então eles próprios poderiam usar suas armas sem medo algum. Balas começaram a ricochetear nas pedras, por isso, dando longo grito, Khoda Khan subiu em cima do muro, arrancando o pino da granada de mão com seus dentes.

— *La illaha illulah, Muhammad rassoul ullah*! — ele gritou e lançou a bomba. Mas não nos homens que berraram e se esquivaram, mas sobre suas cabeças, em direção ao paiol!

No instante seguinte, uma explosão dilacerante estripou a noite e um incêndio ofuscante rasgou a escuridão. Com toda aquela luminosidade, Harrison teve um vislumbre de Khoda Khan emoldurado pelas chamas, jogando-se para trás com os braços estendidos. Então, houve uma escuridão absoluta, na qual ribombava o trovão causado pela queda da casa de Erlik Khan ao que seus muros vergaram, as vigas se partiram, telhado desabou e a estrutura toda veio abaixo, andar por andar, até as fundações.

Por quanto tempo Harrison ficou deitado como morto, sem ouvir ou ver nada, paralisado e coberto com destroços, ele nunca soube. Sua primeira percepção foi de que havia algo macio embaixo do seu corpo, algo que se contorcia e choramingava. Seguindo sua intuição de que não deveria machucar aquele algo macio, começou a tirar as pedras e argamassas de cima dele. Seu braço parecia incapaz de se movimentar, mas, por fim, ele conseguiu se levantar e cambaleou, parecendo um espantalho com seus trapos. Ele tateou entre os destroços, segurou a mulher e a levantou.

— Joan! — Sua própria voz parecia estar vindo de algum lugar distante e ele teve que gritar para que a mulher o escutasse. Os tímpanos de ambos foram quase perfurados pelo impacto violento. — Está machucada? — Ele a examinou com sua mão boa para ter certeza.

— Acho que não — ela gaguejou, atordoada. — O que... o que aconteceu?

— A bomba de Khoda Khan explodiu a dinamite. A casa caiu em cima dos mongóis. Nós fomos protegidos por este muro, foi isso que nos salvou.

O muro, agora, era apenas uma pilha enorme de pedras destruídas e cobertas com destroços: uma devastação de alvenaria e vigas abarrotadas. Pedaços de parede rolando de modo desordenado completavam o cenário. Harrison apalpou seu braço quebrado e tentou pensar com sua mente caótica.

— Onde está Khoda Khan? — exclamou Joan, parecendo, finalmente, ter saído do seu estado apático.

— Vou procurá-lo. — Harrison estava com receio do que encontraria. — Ele foi derrubado do muro como uma palha ao vento.

Pisando, quase sem equilíbrio, em cima de pedras lascadas e pedaços de madeira, Harrison encontrou o afegão amontoado de modo grotesco contra a cerca de aço. Seus dedos o examinaram, percebendo ossos quebrados, mas o homem ainda respirava. Joan foi cambaleando em direção à dupla e caiu perto de Khoda Khan para bater seus dedos ligeiros sobre o rosto dele, soluçando histericamente.

— Ele não é como os homens civilizados! — ela gritou com lágrimas correndo pela sua face arranhada e manchada. — Afegãos são mais difíceis de matar do que um gato. Se conseguirmos levá-lo a um médico, ele viverá. Escute! — Ela agarrou o braço de Harrison com seus dedos galvanizados, mas ele também ouvira o barulho: o som de um motor que, provavelmente, era de uma lancha da polícia chegando para investigar a explosão.

Joan estava rasgando suas roupas precárias em pedaços para estancar o sangue que escorria dos ferimentos do afegão quando, quase que por um milagre, os lábios ensanguentados de Khoda Khan se mexeram. Harrison, aproximando-se, captou algumas palavras que ele dizia:

— A Maldição de Allah... o chinês maldito... carne de porco... minha honra.

— Não precisa se preocupar com sua honra — disse

Harrison, mirando as ruínas que escondiam as figuras estraçalhadas que haviam sido terroristas mongóis. — Depois do seu feito nesta noite, você não vai ser preso. Nem por todos os chineses de River Street.

PRESAS DE OURO

Capítulo I

— Esta é a única trilha pro pântano, senhor.

O guia de Steve Harrison apontou um dedo longo para o caminho estreito que serpenteava entre carvalhos e ciprestes. Harrison encolheu seus ombros enormes. O ambiente não era convidativo. O sol do fim da tarde penetrava dentre as árvores cobertas de musgo, fazendo grandes sombras que lembravam dedos decrépitos naquele cenário sombrio.

— Você vai tê que esperar até amanhecer — opinou o guia, um homem alto e muito magro com corpo flácido e usando botas de couro de vaca. — Tá ficando tarde e a gente não quer ficar no pântano de noite.

— Não posso esperar, Rogers — respondeu o detetive. — Até o amanhecer, o jovem chinês que estou procurando já vai ter fugido daqui.

— Ele vai ter que sair por esta trilha — respondeu Rogers, enquanto tentavam se equilibrar. — Não tem outra opção. Se ele tentá ir pela parte mais alta, vai cair num pântano sem fundo ou vai esbarrar num jacaré. Tem muitos por aqui. E ele não deve gostá muito de jacarés, né?

— Não acho que ele tenha se deparado com um antes. É um menino da cidade.

— Então ele não vai saí da trilha de terra — Roger previu, confiante.

— Por outro lado, talvez ele não esteja se dando conta do perigo — grunhiu Harrison.

— O que você disse que o menino fez, mesmo? — averiguou Rogers, cuspindo um jato de suco de tabaco em um besouro que estava rastejando na lama preta.

— Matou um velho senhor chinês com um golpe de cutelo de carne na cabeça e roubou todo dinheiro que ele tinha, suas economias de uma vida toda: dez mil dólares em gorjetas que ganhou durante uma vida inteira de trabalho. Ele deixou uma neta menor de idade que vai ficar sem nada se o dinheiro não for recuperado. Por esse motivo eu quero pegar esse ser abominável antes que ele fuja pelo pântano. Quero recuperar o dinheiro, pela menina.

— E você acha que o chinesinho que foi visto por aqui há uns dia era ele?

— Não pode ter sido mais ninguém — disse Harrison, com rapidez. — Eu e a polícia estamos, dia após dia, o perseguindo por todo continente e o impedimos de cruzar as fronteiras e os portos. Estamos cada vez o encurralando mais, esperando que cometa algum erro. É uma questão de tempo. Este era, praticamente, o único lugar possível para o jovem chinês se esconder. Estou há tempo demais correndo atrás dele para desistir agora. Se ele se afogar no pântano, provavelmente nunca será encontrado e o dinheiro ficará perdido também. O velho senhor que ele matou era um cidadão honesto. Esse rapaz, Woon Shang, não tem um pingo de bondade no corpo.

— Ele vai esbarrar numa turma da pesada — ponderou Rogers. — Neste pântano só mora gente de cor. Eles não são negros que nem os que moram na cidade. Esses vieram pra cá faz uns cinquenta, sessenta anos, refugiados do Haiti, ou qualquer lugar desses. Você sabe que a gente não tá longe da costa. Eles são negros e quase nunca saem do pântano. Eles nunca se separam e não gostam de estranhos. Que é isso?

Eles estavam dobrando em uma curva quando viram algo estendido no chão um pouco mais à frente. O homem, que gemia e se movia de modo débil, era negro e estava mergulhado numa poça vermelha.

— É um negro! — exclamou Rogers — Ele foi esfaqueado.

Não era preciso nenhum especialista para deduzir aquilo. Eles se inclinaram sobre o homem caído e Rogers soltou palavrões.

— Ora essa! Eu conheço este cara! Ele não é nenhum ladrãozinho do pântano. É o Joe Corley. Ele esfaqueou outro negro no bar mês passado e saiu correndo. Certo que desde aquela noite ele tava se escondendo aqui. Joe! Joe Corley!

O homem ferido gemeu e rolou seus olhos, já opacos. Sua pele estava cinza pela proximidade com a morte.

— Quem te esfaqueou, Joe? — exigiu Rogers.

— O Gato do Pântano — disse com dificuldade. Rogers praguejou e lançou um olhar de medo para as árvores, como se estivesse esperando algo saltar em cima deles.
— Eu tava tentanu escapar daqui — murmurou o Negro.

— Pra quê? — disparou Rogers. — Não sabe que se te pegassem você ia pra cadeia?

— Preferia ir em cana du que me misturá... com o Diabo... e apodrecê... aqui. — A voz ia diminuindo a cada palavra.

— O que você qué dizer, Joe? — demandou Rogers,

apreensivo.

— Negros do vodu — murmurou Corley, de modo desconexo. — O chinês tava em cima de mim... num queria que eu fosse imbora, mesmo que... aí o John Bartholomew... aaaaaai!

O sangue começou a surgir do canto da sua boca. Corley enrijeceu, convulsionou e não se mexeu mais.

— Ele tá morto! — sussurrou Rogers, encarando o pântano à frente com os olhos arregalados.

— Ele disse alguma coisa sobre algum homem chinês — disse Harrison. — Isso confirma que estamos no caminho certo. Teremos que deixá-lo aí por um tempo. Não podemos fazer nada por ele agora. Vamos continuar.

— Você ainda qué continuar depois disso? — gritou Rogers.

— O que tem de errado?

— Senhor Harrison — disse Rogers, com uma voz grave. — Você me ofereceu um bom dinheiro pra te guiar neste pântano. Mas olha só, não tem jeito nem dinheiro neste mundo que faça eu ir lá agora e quase anoitecendo.

— Mas por quê? — protestou Harrison. — Só porque ele brigou com um negro igual a ele...

— É mais do que isso — declarou Roger, decidido. — Este negro tava tentando sair do pântano quando pegaram ele. Ele sabia que ia pra cadeia se saísse, mas ele queria do mesmo jeito. Isso quer dizer que alguma coisa tava assustando ele! Você ouviu ele dizê que foi o Gato do Pântano que pegou ele, né?

— E?

— E... que o Gato do Pântano é um negro louco que vive no pântano. Fazia tantos anos desde que um branco disse ter visto ele que eu tava começando a acreditá que ele era só um mito que os negros da cidade contavam pra assustar as pessoas, pra elas ficá longe daqui. Mas isso confirmô que não era. Ele matou Joe Corley e vai nos matar se encontrá a gente aqui de noite. Meu Deus! Ele deve tá espiando a gente agora! — O pensamento deixou Rogers tão transtornado que ele sacou uma arma de seis tiros carregada e com um grande comprimento de cano, e espreitou. Ele mastigava um pedaço de tabaco com rapidez, demonstrando o quanto estava psicologicamente perturbado.

— Quem é o outro que ele mencionou? John Bartholomew, certo? — perguntou Harrison.

— Não sei. Nunca ouvi falá. Vem, vamos embora desse lugar. Depois a gente junta uns cara e tiramo o corpo do Joe daqui.

— Eu vou seguir — rosnou Harrison, levantando-se e tirando a poeira das mãos.

Rogers o encarou.

— Cara, você é louco! Vai se perdê…

— Não se eu seguir na trilha.

— Então tá. Ou o Gato do Pântano vai te pegá ou os jacarés…

— Eu vou arriscar — respondeu Harrison, de modo brusco. — Woon Shang está em algum lugar deste pântano. Se, por acaso, ele conseguir sair daqui antes que eu o pegue, ele pode desaparecer de vez. Não posso parar agora.

— Mas se você esperá um pouco a gente pode juntar mais gente e seguir procurando amanhã de manhã — incentivou Rogers.

Harrison nem tentou explicar para Rogers sua quase obsessão por trabalhar sozinho. Sem mais comentários, deu meia-volta e seguiu a estreita trilha. Rogers gritou:

— Você é muito louco! Se consegui chegá na cabana da Celia Pompoloi, já passa a noite lá. Ela é a chefona dos negros. É a primeira cabana que você vai vê. Eu vou voltar pra cidade e juntá mais gente, e amanhã de manhã a gente... — As palavras tornaram-se incompreensíveis ao passo que a floresta se tornava cada vez mais densa. Harrison dobrou na curva e não se ouvia mais as palavras de Rogers.

Enquanto Harrison caminhava a passos largos, viu sangue espalhado por entre as folhas podres e percebeu que elas indicavam que algo pesado havia sido arrastado pela trilha. Joe Corley certamente havia rastejado por alguns metros depois de ser atacado. Harrison visualizou Joe arrastando-se, de barriga para baixo, como uma cobra ferida. O homem abatido deve ter tido muito fôlego para ter conseguido ir tão longe com um ferimento mortal nas costas. E o medo, quase pânico, deve ter sido muito maior para que ele tenha ao menos tentado se salvar.

Harrison não conseguia mais ver o sol, mas sabia que estava se pondo. As sombras aumentavam e ele sentia que estava cada vez mais imerso no pântano. Começou a vislumbrar manchas de lama entre as árvores e a trilha ficou mais tortuosa, ferindo-se ao tentar esquivar-se de uma poça viscosa. Harrison continuou sem pensar duas vezes. A floresta, cada vez mais densa, poderia dar cobertura a um fugitivo desesperado, mas ele não esperava encontrar Woong na floresta, e sim nas cabanas dispersas dos moradores do pântano. O jovem chinês, oriundo de um ambiente urbano, com medo de ficar só e sabendo-se incapaz de cuidar de si mesmo, iria procurar companhia, mesmo sendo de homens negros.

O detetive, de súbito, deu meia-volta. Sob o crepúsculo, o pântano estava despertando. Insetos berravam com vozes estridentes, ouviam-se asas de morcegos ou corujas batendo no ar e sapos pulavam de um lírio ao outro. Mas o som que ele havia escutado não era nenhum desses. Era de um movimento furtivo entre as árvores, como se alguém estivesse caminhando, de modo constante, em linha reta, ao lado da trilha. Harrison sacou sua 45 e esperou. Nada aconteceu. Mas, em situações de extrema solidão, o instinto do homem é aguçado. O detetive sentiu que estava sendo observado por olhos desconhecidos, quase conseguia sentir a intensidade do olhar. Seria o chinês? Fácil assim?

Um arbusto se mexeu sem ao menos um sopro de vento. Harrison saltou por meio de uma estranha cortina suspensa de ciprestes, arma engatilhada, gritando uma ordem. Seus pés afundaram na lama, ele tropeçou na vegetação apodrecida e sentiu contra seu rosto os fios suspensos dos musgos. Não havia nada atrás dos arbustos, mas poderia jurar ter visto uma forma escura se movendo e desaparecendo por entre as árvores um pouco mais à frente. Enquanto tentava compreender o que acontecera, olhou para baixo e viu uma marca diferente na lama. Harrison se aproximou. Era a marca de um pé grande e largo, da qual brotava água. Um homem realmente estivera escondido no arbusto.

Com um encolher de ombros, Harrison voltou à trilha. Aquela pegada não era de Woon Shang e o detetive não estava atrás de mais ninguém. Era natural que um dos moradores do pântano espionasse um estranho. O detetive mandou uma saudação em direção ao mato escuro, como uma forma de garantir ao espião suas boas intenções. Não houve resposta. Harrison virou e seguiu a trilha, não se sentindo totalmente à vontade, já que escutava de tempos em tempos um fraco estalar de galhos e outros sons que pareciam indicar que alguém estava caminhando paralelamente a ele. Não era reconfortante saber que estava sendo seguido por alguém desconhecido e possivelmente hostil.

Estava tão escuro que ele seguia a trilha mais por

intuição do que pela visão. Escutava sons estranhos de pássaros ou, talvez, de animais gritando e, de tempos em tempos, profundos grunhidos reverberavam até ele. Intrigou-se com os barulhos até deduzir que eram rugidos de jacarés. Ele se perguntou se os animais escamosos já haviam subido a trilha e como o estranho que o seguia na escuridão conseguira driblar aqueles répteis. O pensamento foi subitamente deixado de lado com o barulho de outro galho quebrando, muito mais perto da trilha do que os anteriores. Harrison praguejou baixo, tentando esconder-se nas trevas sob os ramos do musgo ornamental. O sujeito estava se aproximando do detetive com a escuridão crescente.

Ao ser atingido por essa verdade aterrorizante, Harrison sentiu arrepios. Aquela trilha do pântano, assombrada por répteis, não era um lugar adequado para uma luta com um negro louco — por essa razão, parecia provável que o espião oculto fosse o assassino de Joe Corley. Harrison pensava a respeito quando uma luz brilhou por entre as árvores mais à frente. Acelerando seus passos, ele saiu abruptamente da escuridão, direto para um crepúsculo cinzento.

Ele se viu em um grande espaço de terra firme, onde as árvores finas permitiam que a última luz cinzenta do entardecer irrompesse. Elas criavam uma parede escura com folhas ondulantes sobre uma pequena clareira e, através de seus troncos, de um lado, Harrison vislumbrou um lago sujo. A clareira abrigava uma cabana de troncos rústicos e ásperos e, através de uma janela pequena, brilhava a luz de uma lâmpada a óleo.

À medida que Harrison surgia no meio das árvores, olhou para trás, mas não viu movimento algum entre as samambaias e não escutou nenhum som de perseguição. A trilha, pouco marcada, ia além da cabana e desaparecia na escuridão mais à frente. Aquela cabana deveria ser a casa de Celia Pompoloi, que Rogers havia mencionado. Harrison caminhou até a curva e bateu na porta feita à mão.

Dentro da cabana havia movimento e a porta se abriu. Harrison não estava esperando a figura que o encarou. Ele esperava ver um sujeito desleixado e sem sapato. Em vez disso, viu um homem robusto, ereto e alto, vestido de forma simples. Sua pele clara e seus traços comuns evidenciavam sua miscigenação.

— Boa noite, senhor. — O sotaque sugeria que sua educação era acima da média.

— Meu nome é Harrison — disse o detetive de modo abrupto, mostrando seu distintivo. — Estou à procura de um bandido que veio para cá: um chinês assassino chamado Woon Shang. Sabe alguma coisa sobre isso?

— Sim, senhor — o homem respondeu prontamente. — Ele passou pela minha cabana há três dias.

— Onde ele está agora? — exigiu Harrison.

O outro levantou as mãos em um gesto latino curioso.

— Não saberia dizer. Eu tenho pouca relação com as outras pessoas que vivem aqui no pântano, mas acredito que ele esteja se escondendo entre eles, em algum lugar. Eu não vi Woon passando pela minha cabana e voltando pela trilha.

— Você poderia me levar até essas outras cabanas?

— Com prazer, senhor, pela manhã.

— Eu gostaria de ir agora à noite — rosnou Harrison

— Isso é impossível, senhor — o outro protestou. — Isso seria muito perigoso. Você correu um grande risco vindo até aqui sozinho. As outras cabanas são mais encrustadas no pântano. Nós não saímos das nossas casas à noite. Há muitas coisas no pântano que são perigosas para seres humanos.

— O Gato do Pântano, por exemplo? — grunhiu Harrison. O homem lançou um breve olhar de interrogação. — Ele matou um homem de cor chamado Joe Corley algumas horas atrás — disse o detetive. — Eu achei Corley na trilha. E, se não estou enganado, esse mesmo lunático tem me seguindo pela última meia hora.

O mulato, de forma evidente, mostrou-se inquieto e olhou em volta, em direção às clareiras e às sombras.

— Entre — estimulou. — Se o Gato do Pântano está vagando pelas redondezas, homem nenhum está a salvo ao relento. Entre e passe a noite aqui. Ao amanhecer o levarei a todas as cabanas do pântano.

Por falta de plano melhor, Harrison aceitou. Afinal de contas, era um absurdo sair à noite em um pântano perigoso e desconhecido. Ele percebeu que havia cometido um erro ao vagar sozinho naquele lugar, quase escurecendo, mas trabalhar sozinho havia se tornado um hábito. Mesmo assim, foi atingido por uma forte sensação de imprudência. Fora seguindo uma pista que chegou a uma cidadezinha no limite do pantanal no meio da tarde, e penetrou na mata sem hesitar. Agora, ele estava começando a duvidar das suas capacidades mentais.

— Esta é a cabana da Celia Pompoloi? — ele perguntou.

— Era — o mulato respondeu. — Ela morreu há três semanas. Eu moro aqui sozinho. Meu nome é John Bartholomew.

A cabeça de Harrison se ergueu e ele olhou o outro com novo interesse. John Bartholomew... Joe Corley havia murmurado aquele nome antes de morrer.

— Você conhecia Joe Corley? — ele demandou saber.

— Pouco, ele veio até o pântano para não ser preso. Era uma pessoa inculta, embora, naturalmente, eu lamente ouvir de sua morte.

Objetivamente, o detetive perguntou:

— O que um homem com a sua inteligência e educação está fazendo nesta selva?

Bartholomew sorriu, irônico.

— Não é sempre que podemos escolher nosso entorno, Sr. Harrison. Os lugares desprezados do mundo também fornecem refúgio para pessoas que não são criminosas. Alguns vêm ao pântano como esse chinês, tentando fugir da lei. Outros vêm para esquecer decepções amargas impostas a eles pelas circunstâncias da vida.

Harrison observou a cabana enquanto Bartholomew colocava uma barra robusta transversalmente na porta. Havia dois quartos, um atrás do outro, conectados por uma porta muito resistente. A laje do piso estava limpa e o quarto, pouco mobiliado: uma mesa, bancos e um beliche construído contra a parede, tudo feito à mão. Havia uma lareira com utensílios de cozinha primitivos pendurados e um armário coberto de pano.

— Você gostaria de bacon frito e panqueca de milho? — perguntou Bartholomew. — Ou talvez uma xícara de café? Não tenho muita coisa para oferecer, mas...

— Não, obrigado. Eu comi bastante antes de entrar no pântano. Só quero que me diga algo sobre essas pessoas.

— Como eu já disse, não tenho muito contato com eles — respondeu Bartholomew. — Eles não são muito receptivos a estranhos e são muito desconfiados, se relacionam mais entre si. Não são iguais às outras pessoas de cor. Os pais deles vieram para cá do Haiti, em decorrência de uma das revoluções sangrentas que amaldiçoaram aquela ilha desafortunada no passado. Eles têm costumes curiosos. Você já ouviu falar do culto vodu? — Harrison assentiu. — Essas pessoas são voduístas. Eu sei que eles fazem rituais misteriosos no pântano. Eu já escutei batidas de tambores à noite e já vi as chamas do fogo através das árvores. Às vezes eu fico um tanto preocupado com minha segurança. Essas pessoas são capazes de chegar a extremos com seus rituais sangrentos, quando suas naturezas primitivas são acionadas pelos ritos animalescos do vodu.

— Por que os brancos não vêm aqui e dão um basta nisso? — exigiu Harrison.

— Eles não sabem disso. Ninguém nunca vem até aqui, a menos que seja um fugitivo da lei. Essas pessoas do pântano fazem seus cultos sem nenhum tipo de interferência.

— Celia Pompoloi, que viveu nesta cabana, era uma mulher de considerável inteligência e educação, era a única moradora do pântano que já foi "pra fora" (como eles chamam o mundo exterior) e frequentou a escola. Ainda assim, até onde eu sei, ela era a sacerdotisa dos cultos e presidia os rituais. Eu acredito que ela, enfim, encontrou o seu destino durante uma das saturnálias. Acharam o corpo dela no pântano, tão mutilado pelos jacarés que só conseguiram identificá-la pelas roupas.

— E quem ou o que é o Gato do Pântano? — perguntou Harrison.

— Um maníaco que vive como um animal selvagem no pântano. Só fica violento às vezes, mas quando fica... é um horror.

— Ele mataria o chinês se tivesse a chance?

— Ele mataria qualquer pessoa se ele perdesse o controle. Você disse que o chinês é um assassino, certo?

— Assassino e ladrão — grunhiu Harrison. — Roubou dez mil dólares da vítima.

Bartholomew o olhou com interesse renovado. Ia começar a falar, mas, evidentemente, mudou de ideia.

Harrison levantou-se, bocejando.

— Acho que vou dormir — ele anunciou.

Bartholomew pegou a lâmpada e guiou seu hóspede ao quarto dos fundos, que era do mesmo tamanho do outro, mas cuja decoração consistia apenas em um beliche e um banco.

— Eu tenho apenas uma lâmpada, senhor — disse Bartholomew —, então vou deixar com você.

— Não precisa — resmungou Harrison, que tinha, secretamente, medo de lâmpadas a óleo desde quando uma delas explodiu na sua infância. — Sou como um gato no escuro. Não preciso de luz.

Pedindo várias desculpas pelas acomodações rústicas e desejando uma boa noite de sono, Bartholomew saiu do quarto e fechou a porta. Harrison, pela força do hábito, estudou o quarto em volta. Uma luz fraca vinda das estrelas surgiu através da uma pequena janela, que estava, como ele notou, munida de trancas pesadas de madeira. Não havia outra porta, apenas a que ele havia entrado anteriormente. Deitou-se no beliche ainda vestido, sem ao menos retirar os sapatos, e começou a pensar, desanimado. Estava assolado pelo medo de que Woon Shang escapasse dele, depois de tudo. Ele poderia tentar fugir pelo mesmo lugar que entrou? Poderia. Policiais locais estavam vigiando todos os pontos à beira do pântano, mas Shang poderia escapar durante a noite. E se houvesse outra saída, conhecida somente pelos moradores do pântano? E, se Bartholomew tinha tão pouca relação com seus vizinhos, como ele mesmo havia dito, que garantia tinha de que Bartholomew conseguiria guiá-lo até onde o chinês estava escondido? Essas e outras dúvidas atormentavam Harrison enquanto ele deitava e escutava pequenos ruídos do seu anfitrião se recolhendo. Harrison viu a fina linha da luz embaixo da porta desaparecer à medida que a lâmpada apagava. Finalmente, esqueceu suas dúvidas e adormeceu.

Capítulo II — Pistas de um Assassinato

Foi um barulho nas janelas, como se alguém estivesse tirando as trancas do lugar, que acordou Harrison. Ele despertou rapidamente, com todos os sentidos em alerta, como de hábito. Algo apareceu na janela, algo escuro e redondo, com pontos brilhantes. Ele se sobressaltou ao reconhecer aquilo como uma cabeça humana, devido à fraca luz das estrelas que refletiu nos olhos e nos dentes do desconhecido. Sem se mexer, o detetive alcançou sua arma, de modo discreto. Deitado como estava na escuridão do beliche, o homem que o vigiava dificilmente poderia ter visto o movimento. Mas a cabeça sumiu, como se tivesse sido avisada.

Harrison sentou-se no beliche, desconfiado, resistido ao impulso natural de correr até a janela e procurar a cabeça. Isso poderia ser exatamente o que o homem queria. Havia algo mórbido em relação ao que acabara de acontecer: o homem, certamente, havia tentado entrar. Seria a mesma criatura que o seguiu pelo pântano? Um pensamento repentino o atingiu. Não seria extremamente provável que o chinês tivesse designado um homem para ficar atento a um possível perseguidor? Harrison censurou-se por não ter pensado nisso antes.

Harrison acendeu um fósforo e levou até o pulso para olhar as horas. Não eram nem dez horas. A noite estava recém começando. Ele olhou desconfiado e distraído para a parede áspera atrás do beliche, pouco iluminada pela luz do fósforo, e subitamente sua respiração sibilou ao passar pelos dentes. O fósforo queimou seus dedos e apagou-se. Acendeu outro e analisou a parede. Enfiada em uma fresta entre as madeiras havia uma faca, sua perversa lâmina curva estava manchada de sangue coagulado. Essa suposição deu um arrepio na espinha de Harrison. O sangue poderia ser de animal — mas quem abateria um bezerro ou um porco naquele quarto? Por que ela não foi limpa? Era como se tivesse sido escondida com pressa, após um golpe fatal.

Ele arrancou a lâmina da parede e a olhou de perto, com atenção. O sangue estava seco e escuro, como se horas tivessem se passado desde que havia sido deixada lá. A arma não era uma lâmina comum que açougueiros usavam — Harrison enrijeceu-se. Era uma adaga chinesa. O fósforo se apagou e Harrison fez o que a maioria dos homens faria. Ele se apoiou na ponta do beliche, o único lugar que poderia esconder um objeto de qualquer tamanho, e levantou o tecido preso ao chão. A verdade era que ele não esperava encontrar o corpo de Woon Shang embaixo do piso. Ele apenas agiu por instinto. Harrison não encontrou nenhum cadáver. Suas mãos, tateando no escuro, encontraram somente o piso áspero e irregular, até seus dedos se chocarem com algo mais — alguma coisa, ao mesmo tempo pequena e macia, presa entre as toras, como a adaga estava.

Harrison tirou o item do lugar. Parecia uma embalagem achatada de papel estaladiço, amarrada com seda oleada. Acendendo outro fósforo, ele rasgou o pacote. Havia dez cédulas gastas dentro, todas de mil dólares. Ele apagou o fósforo e sentou-se no escuro. Sua mente estava trabalhando depressa, inúmeras imagens passando por sua cabeça.

Então John Bartholomew havia mentido. Sem dúvida ele havia convidado o chinês para passar a noite ali também. O detetive visualizou uma forma turva se curvando na escuridão acima de uma figura adormecida naquele mesmo beliche — e então... um golpe fatal com a faca da própria vítima.

Harrison soltou um rugido de raiva, com o desgosto de caçador que foi enganado, certo de que o corpo de Woon Shang estava apodrecendo em algum pântano viscoso. Pelo menos ele havia conseguido recuperar o dinheiro. Bartholomew foi descuidado ao escondê-lo ali. Será? Ele só conseguiu achar o dinheiro por acidente, por instinto e por circunstâncias favoráveis...

Harrison enrijeceu de novo. Por baixo da porta ele viu um feixe fino de luz. Bartholomew não havia ido dormir? Na hora, lembrou-se que a lâmpada havia apagado. Harrison se levantou e foi na ponta dos pés até a porta espessa. Quando chegou, escutou murmúrios baixos no cômodo ao lado. Os sujeitos aproximaram-se e ficaram exatamente à frente da porta. Ele se esforçou para tentar escutar e reconheceu o nítido sotaque de John Bartholomew.

— Não faz besteira — o mulato murmurou. — Mata ele antes que consiga pegar a arma. Ele não suspeita de nada e eu acabei de lembrar que deixei a adaga do chinês na rachadura em cima do beliche. Mas o detetive nunca vai ver no escuro. Ele tinha que se meter, justo esta noite. Nós não podemos deixar que ele veja o que poderia ver se sobreviver a esta noite.

— A gente entra lá e faz o trabalho rápido e limpo, sinhô — murmurou outra voz, com um sotaque gutural, diferente de todos que Harrison já havia escutado e impossível de reproduzir.

—Tudo bem, não precisamos nos preocupar com Joe Corley. O Gato do Pântano seguiu minhas instruções.

— Esse Gato do Pântano tá por aí agora — murmurou outro homem. — Não gosto dele. Por que ele não pode fazer esse trabalho?

— Ele obedece às minhas ordens, mas não me parece ser confiável. Não podemos ficar parados aqui falando disso. O detetive vai acordar e desconfiar. Abre essa porta e ataca ele. Mata no beliche mesmo…

Harrison sempre acreditou que a melhor defesa era uma boa estratégia de ataque. Só havia uma saída daquele quarto. Ele nem hesitou. Harrison atirou seu ombro enorme contra a porta, abrindo-a e saltando para o outro aposento, arma em riste, gritando:

— Mãos pra cima, malditos!

Havia cinco homens no cômodo. Bartholomew, segurando a lâmpada e a cobrindo com a mão esquerda, e quatro outros, quatro gigantes esguios em trajes indefinidos e com feições amareladas, sinistras. Cada um segurando uma faca.

Eles recuaram, desanimados, à medida que Harrison se aproximava. Automaticamente levantaram suas mãos e as facas caíram. Por um momento, o homem branco tinha o controle da situação. Bartholomew ficou pálido enquanto olhava ao redor, a lâmpada tremendo nas suas mãos.

— Virem pra parede! — gritou Harrison.

Eles obedeceram, em silêncio. Rendidos, incapazes de agir pelo choque da surpresa. Harrison sabia que devia ter mais medo de John Bartholomew do que daquelas criaturas.

— Deixa a lâmpada na mesa — ele disse — e vai pra parede com os outros… ha!

Bartholomew inclinou-se para deixar a lâmpada na mesa — então, rápido e ágil como um gato, ele a jogou no chão, quebrando-a e escondendo-se atrás da mesa com o mesmo movimento. A arma de Harrison disparou quase instantaneamente, mas, mesmo naquela escuridão confusa que se seguiu, o detetive sabia que havia errado o tiro. Girando, ele saltou para a outra porta. De dentro da cabana escura não havia nada que ele pudesse fazer para se defender das facas, pelas quais os negros já estavam procurando enquanto espumavam pela boca como cães raivosos. Harrison corria pela clareira quando escutou a voz furiosa de Bartholomew gritando ordens. Ele não foi pelo caminho mais óbvio, a trilha mais usada; em vez disso, fez a volta na cabana e se lançou na direção das árvores do lado oposto. Ele não tinha a intenção de fugir até ver alguém atrás dele. O detetive estava procurando um atalho para que pudesse ter alguma vantagem. A lua estava quase aparecendo por entre as árvores, deixando-o em evidência sem iluminar o caminho.

Harrison escutou os negros bradando do lado de fora da cabana, protestando pela perda momentânea. O detetive escondeu-se nas sombras antes de eles rondarem a cabana e, espiando através dos arbustos, conseguiu vê-los correndo clareira abaixo como cachorros atrás de um rastro, gritando, desapontados, como se estivessem com uma sede de sangue primitiva. A lua, cada vez mais visível, fazia as facas em suas mãos reluzirem.

Harrison foi adentrando ainda mais na mata, sentindo o chão aos seus pés mais sólido do que esperava. De repente, deparou-se com uma margem pantanosa contendo um trecho de água escura. Algo grunhiu e se debateu lá embaixo, e duas luzes brilharam de súbito, como pérolas, na água negra. Ele recuou, tendo a total certeza do que aquelas duas luzes significavam. E, enquanto isso, chocou-se em algo que o aprisionou em seus braços ferozes como os de um gorila.

Harrison se abaixou e arremeteu, curvando suas costas potentes como um grande gato, fazendo seu atacante tropeçar e cair no chão, ainda agarrando com força o casaco do detetive. Harrison lançou-se para trás, rasgando a roupa e tirando seus braços do casaco pelas mangas, na ânsia pela sua libertação.

O homem pulou para a beira do rio, rosnando como uma animal selvagem. Harrison viu um homem negro, seminu, descarnado, com cabelos rebeldes cobertos de lama pairando sobre um arremedo de rosto contorcido. Baba escorria por seus lábios grossos. Aquilo, claramente, ele sabia, era o pavoroso Gato do Pântano.

Ainda segurando debilmente o casaco rasgado de Harrison com a mão esquerda, com a direita segurava uma faca afiada que brilhou. E, mesmo que Harrison tenha captado a intenção do ser primitivo, ele atirou mirando no quadril. A faca lançada zumbiu na sua orelha e, com o estrondo do tiro, o Gato do Pântano cambaleou e foi jogado no rio escuro. Havia correnteza e a água estava coberta de espuma. Harrison vislumbrou um pequeno focinho de réptil e o corpo desapareceu com ele.

Harrison recuou, enojado, e escutou gritos de homens correndo pelos arbustos, cada vez mais próximos. Seus perseguidores escutaram o barulho do tiro. Ele voltou às sombras de um aglomerado de árvores e esperou, com a arma na mão. Segundos depois, John Bartholomew e seus guerreiros negros de facas em punho apareceram à beira do rio.

Eles olharam em volta, embasbacados, e Bartholomew gargalhou e apontou para uma peça de roupa manchada de sangue que flutuava, encharcada, na água lamacenta.

— O casaco do idiota! Ele deve ter pulado direto na água e os jacarés o pegaram! Eu posso vê-los rasgando alguma coisa, lá na frente, entre os bambus. Conseguem escutar os ossos quebrando? — A risada de Bartholomew era diabólica.

— Então — disse o mulato — não temos que nos

preocupar mais com ele. Se mandarem alguém atrás dele, nós só dizemos a verdade: que ele caiu na água e foi pego pelos jacarés, assim como Celia Pompoloi.

— Foi uma cena horrível quando achamos o corpo — murmurou um dos negros do pântano.

— Não vamos achar nem metade disso do corpo do detetive — profetizou Bartholomew.

— Ele chegou a dizer o que o chinês fez? — perguntou outro negro.

— Apenas o que o chinês já havia dito: que ele matou um homem.

— Queria que ele tivesse roubado um banco — murmurou o morador do pântano, melancolicamente. — Queria que ele tivesse trazido um monte de dinheiro com ele.

— Bom, ele não trouxe — disse Bartholomew, com rispidez. — Você sabe que eu o revistei. Agora vamos voltar e ajudar os outros a vigiá-lo. Esses chineses são clientes imprevisíveis e não podemos nos arriscar. Mais homens brancos podem vir procurar por ele amanhã, mas, se eles vierem, serão bem-vindos para tentar encontrar qualquer pedaço dele que conseguirem! — ele gargalhou de modo sinistro e abrupto. — Rápido, saiam daqui. Quero ficar sozinho. Há espíritos com os quais tenho que comungar antes que chegue a hora, e também os ritos terríveis que tenho que realizar sozinho. Vão!

Os outros abaixaram suas cabeças em um curioso gesto de subserviência e se foram em direção à clareira. Bartholomew seguiu, sem pressa.

Harrison fez cara feia para o que havia escutado. Parte era bobagem, mas certas coisas ficaram claras. O chinês estava vivo e preso em algum lugar. Bartholomew havia mentido sobre sua relação com os habitantes do pântano — a única verdade era que, realmente, ele não era um deles —, mas era nitidamente o líder. E ainda havia mentido sobre o dinheiro do chinês. Harrison lembrou da expressão do mulato quando mencionou o dinheiro. O detetive havia acreditado que Bartholomew nunca havia visto aquele dinheiro, que Woon Shang, desconfiado, havia escondido antes de ser atacado.

Harrison ergueu-se e foi atrás dos negros que se retiravam. Enquanto eles acreditassem que estava morto, poderia conduzir suas investigações sem se preocupar com a possibilidade de estar sendo caçado. Sua camisa era feita de um tecido escuro, portanto não aparecia na escuridão, e o competente detetive foi treinado para aventuras furtivas nos antros dos bairros orientais, onde sempre havia espectadores ocultos e ouvidos eternamente alertas.

Quando chegou no limite das árvores, viu os quatro gigantes descendo uma trilha que levava ainda mais para o interior do pântano. Eles caminhavam em fila única, suas mãos e costas curvadas para frente como macacos. Bartholomew estava entrando na cabana. Harrison começou a seguir os negros que estavam se afastando, mas hesitou. Bartholomew estava à sua frente. Ele poderia entrar na cabana, ameaçar o mulato com a arma e obrigá-lo a dizer onde Woon Shang estava trancafiado — talvez. Harrison conhecia a teimosia sem igual daquela raça. Enquanto considerava, Bartholomew saiu da cabana e ficou olhando em volta de uma maneira furtiva. Ele segurava um chicote pesado. Logo após, caminhou pela clareira em direção ao lugar onde o detetive estava escondido. Ele passou a alguns metros do esconderijo de Harrison, e o luar iluminou seus traços. Harrison ficou atônito com a mudança em seu rosto, a vitalidade assustadora e a incontestável maldade refletida ali.

Harrison alterou seus planos e o seguiu, desejando descobrir o que era aquela missão tão secreta. Não foi difícil. Bartholomew não olhou para trás ou para os lados em nenhum momento, e serpenteou por um caminho tortuoso entre poças sujas e aglomerados de vegetação podre que pareciam venenosos mesmo ao luar. O detetive se agachou. À frente do mulato havia uma pequena cabana, quase imperceptível por entre o véu cinzento formado pela barba-de-velho que caía das muitas árvores ao redor. Bartholomew olhou cuidadosamente em todas as direções, então sacou uma chave e abriu um cadeado grande que estava na porta. Harrison tinha certeza de que estava na prisão de Woon Shang.

Bartholomew entrou, fechando a porta. Um raio de luz brilhou através da fissura da madeira. De repente ouviu-se murmúrios, indistintos demais para que Harrison conseguisse entender, seguido pelo som do estouro inconfundível e afiado do chicote em carne nua, e um estridente grito de dor. Harrison, então, compreendeu. Bartholomew foi ver o prisioneiro em segredo, para torturar o chinês — e por qual outra razão senão para fazê-lo dizer onde o dinheiro, que soubera por Harrison, estava escondido? Obviamente Bartholomew não tinha intenção nenhuma de dividi-lo com seus aliados.

Harrison começou a caminhar, furtivamente, em direção à cabana. Ele pretendia arrombar a porta e parar com o açoitamento. Harrison teria atirado alegremente em Woon Shang, se a chance tivesse surgido, mas ele tinha a repulsa do homem branco à tortura. Contudo, antes que chegasse à cabana, os sons cessaram, a luz espalhou-se e Bartholomew surgiu, limpando o suor que estava escorrendo da sua testa pelo esforço feito. Ele trancou a porta, colocou a chave no seu bolso e saiu em direção às árvores, arrastando o chicote pelo chão. Harrison, agachado nas sombras, o deixou ir. Era Woon Shang quem ele estava procurando. Ele podia lidar com Bartholomew depois.

Quando o mulato desapareceu, Harrison levantou-se e avançou até a porta da cabana. A ausência de guardas era bastante intrigante após a conversa que ouvira secretamente, mas ele não perdeu tempo com conjecturas. A porta era protegida por uma corrente amarrada a um grande ferrolho, que, por sua vez, estava cravado fundo em um tronco. Ele empurrou o cano da arma pelo ferrolho e, usando-a como uma alavanca, conseguiu arrancá-lo sem dificuldade.

Ao abrir a porta, espiou. Estava escuro demais para ver, mas escutou a respiração de alguém vindo em soluços descontrolados e convulsivos. Ele acendeu um fósforo, olhou ao redor e assustou-se. O prisioneiro estava lá, deitado no chão sujo. Mas não era Woon Shang. Era uma mulher.

Ela era uma mulata jovem e bonita de um jeito único e vestia apenas uma camisola esfarrapada e pequena, com suas mãos amarradas para trás. Dos seus pulsos, uma longa tira de couro cru prendia-se a um grampo pesado na parede. Ela encarou Harrison de modo selvagem, seus olhos negros refletindo medo e terror. Havia rastros de lágrimas nas suas bochechas.

— Quem diabos é você? — exigiu o detetive.

— Celia Pompoloi! — Sua voz saiu forte e musical, apesar da histeria. — Oh, homem branco, pelo amor de Deus, deixe-me ir! Não consigo mais ficar aqui. Vou morrer, você sabe que sim.

— Pensei que você estivesse morta — ele grunhiu.

— John Bartholomew fez isso! — ela exclamou. — Ele convenceu uma menina de pele amarela "de fora" a vir para o pântano e a matou. Ele a vestiu com as minhas roupas e a atirou aos jacarés, ele sabia que aqueles animais iam comer o corpo até que ninguém pudesse dizer que não era eu. Quando acharam os restos, pensaram que era Celia Pompoloi. Estou presa aqui há três semanas, sendo torturada todas as noites.

— Por quê? — Harrison achou um toco de vela, acendeu e o grudou na parede. Ele inclinou-se e cortou as tiras do chicote que prendiam suas mãos. Ela se levantou, esfregando os pulsos machucados e inchados. A sua vestimenta escassa deixava a brutalidade das surras que recebera bastante evidente.

— Ele é um demônio! — Seus olhos negros encheram-se de ódio. Quaisquer que tenham sido seus erros, ela obviamente não era nenhuma vítima submissa. — Ele chegou aqui, posando como se fosse o sacerdote da Grande Serpente. Ele disse que era do Haiti, o mentiroso. Ele é de Santo Domingo e não é mais sacerdote do que você. Eu sou a verdadeira sacerdotisa da Serpente e as pessoas me obedecem. Foi por isso que ele me tirou do caminho. Vou matar ele!

— Mas por que ele bateu em você? — perguntou Harrison.

— Porque eu não disse o que ele queria saber — ela murmurou, taciturnamente, curvando sua cabeça e colocando um pé atrás do outro tornozelo, como se fosse uma jovem estudante. Não parecia que ela pensasse em não responder as perguntas de Harrison. A pele branca dele o colocava acima e fora das regras do pântano. — Ele veio até aqui para roubar as joias, o coração da Grande Serpente, que trouxemos conosco do Haiti anos atrás. Ele não é nenhum sacerdote. Ele é um impostor que propôs que eu desse o Coração a ele e deixasse meu povo para fugirmos juntos. Quando eu recusei, ele me amarrou nesta velha cabana onde ninguém consegue escutar meus gritos. O pessoal do pântano não vem aqui, eles pensam que é mal-assombrada. Ele falou que continuaria me batendo até que eu dissesse onde o Coração está escondido, mas eu nunca iria dizer, nem que ele me escalpelasse. Só eu sei onde está, pois sou a sacerdotisa da Serpente e a guardiã do seu Coração.

Aquilo devia ser o jeito que voduístas tratavam de vingança. Seu jeito prático evidenciava uma crença inabalável no seu culto estranho.

— Você sabe alguma coisa do chinês? Woon Shang? — ele perguntou.

— John Bartholomew me contou algumas coisas sobre ele enquanto se gabava. O chinês veio para não ser preso e Bartholomew prometeu o esconder. Então John convocou o Gato do Pântano e eles capturaram o chinês. Mesmo que ele tenha conseguindo machucar gravemente um dos dois com a faca, foi feito prisioneiro...

— Por quê?

Celia estava no modo vingativo, em que as mulheres são imprudentes e dizem tudo o que sabem e repetem coisas que não diriam em outro momento.

— Bartholomew veio para cá dizendo que era um sacerdote tradicionalista. Foi assim que ele seduziu as pessoas. Ele prometeu a elas um sacrifício arcaico, que ninguém faz há trinta anos. Nós oferecemos o galo branco e o galo vermelho para a Grande Serpente. Mas Bartholomew prometeu para eles a cabra-sem-chifre. Ele fez isso para ficar com o Coração, porque só depois disso ele é retirado do lugar secreto que está escondido. Ele queria pegar o Coração e fugir antes do sacrifício. Mas quando eu me recusei a ajudar, seus planos falharam. Agora ele não pode pegar o Coração, mas, mesmo assim, tem que seguir com o sacrifício. O povo está ficando impaciente. Se ele falhar, irão matá-lo. Primeiro ele escolheu o negro "de fora", Joe Corley, que estava escondido no pântano, para o sacrifício. Mas quando o chinês chegou, Bartholomew decidiu que iria fazer uma oferta melhor. Ele me disse hoje que o chinês tinha dinheiro e iria fazê-lo contar onde escondeu, então ele ficaria com esse dinheiro e com o Coração, e quando eu finalmente desisto e digo a ele...

— Espere um minuto — interrompeu Harrison. — Deixe-me ver se entendi. O que Bartholomew pretende fazer com Woon Shang?

— Ele vai oferecê-lo como oferenda para a Grande Serpente — ela respondeu, fazendo um gesto convencional de conciliação e adoração enquanto dizia o nome temível.

— Um sacrifício humano?

— Sim.

— Bem, macacos me mordam! — ele resmungou. — Se eu mesmo não tivesse sido criado no Sul, nunca acreditaria nisso. Quando acontecerá o sacrifício?

— Hoje à noite!

— O quê? — Ele lembrou das instruções crípticas que Bartholomew dera a seus lacaios. — O diabo! Onde e a que horas irá acontecer?

— Logo após o amanhecer, bem no meio do pântano.

— Eu tenho que achar Woon Shang e impedir isso! — exclamou. — Onde ele está preso?

— No lugar do sacrifício, muitos homens estão vigiando Woon. Você nunca vai achar o lugar. Vai se afogar e ser comido por jacarés. E, se chegar, as pessoas é que vão matá-lo.

— Você me leva até lá e eu dou um jeito nas pessoas — ele disse, de um modo feroz. — Você quer se vingar do Bartholomew? Tudo bem, me leve até lá e se vingue. Sempre trabalhei sozinho — ele ruminou, bravo —, mas o interior do pântano não é nenhuma River Street.

— Aceito. — Os olhos dela brilharam e os lábios se abriram em um sorriso que mostrava seus dentes brancos. — Vou te levar até o lugar do altar. Nós vamos matar aquele covarde!

— Quanto tempo vamos levar para chegar lá?

— Eu consigo chegar em uma hora, sozinha. Mas com você vai levar mais tempo. Muito mais. Por isso, vamos indo. Você não pode ir sozinho pelo caminho que eu ando.

— Posso seguir você por qualquer lugar — ele grunhiu, levemente aborrecido. Harrison olhou para seu relógio e apagou a vela. — Vamos indo. Pegue o caminho mais rápido e não se preocupe comigo. Estarei logo atrás.

Ela pegou seu pulso em um aperto feroz e quase o empurrou para fora da cabana, tremendo de entusiasmo, como se fosse um cão de caça.

— Espere um minuto! — Um pensamento parecia tê-lo mobilizado. — Se eu voltar à cabana e capturar Bartholomew...

— Ele não vai estar lá, já está indo para o Lugar do Altar. É até melhor o derrotarmos lá.

Capítulo III — Terreiro de Vodu

Enquanto Harrison viveu, ele lembrou daquela maratona através do pântano em que seguia Celia Pompoloi por caminhos que pareciam impossíveis. A lama tocava seu pé, mesmo com sapato, e, por vezes, a água negra chegava aos seus tornozelos. Mas Celia, com seus pés confiantes e rápidos, sempre pisava em terra firme, mesmo onde não parecesse possível, ou os guiava sobre um lodo que oscilava de modo ameaçador sob seus pés. Ela saltava como se fosse uma pena, de um montículo ao outro, ou deslizava entre poças tortuosas cobertas de lama, onde monstros ocultos grunhiam e nadavam. Harrison ia atrapalhado atrás dela, suando, meio nauseado com o fedor da lama que cada vez mais o cobria, mas com toda a raiva enraizada despertando dentro dele. Estava decidido a percorrer aquele pântano, por semanas se fosse necessário, desde que Woon estivesse no extremo oposto daquela jornada repugnante. Nuvens nubladas cobriram o céu e, atrás delas, a lua brilhava irregularmente. Harrison tropeçava como se fosse cego, dependendo totalmente de sua guia, cujo corpo escuro e seminu era por vezes quase invisível na escuridão.

À frente deles, Harrisson começou a escutar uma vibração rítmica, um tremor bárbaro que crescia conforme eles se aproximavam. Uma luz vermelha tremeluziu através das árvores negras.

— As chamas do sacrifício! — arfou Celia, aumentando o passo. — Se apresse!

Em algum lugar do seu corpo grande e cansado, Harrison encontrou energia suficiente para alcançá-la. Celia parecia correr com leveza sobre charcos que o engolfavam até os joelhos. Ela tinha o instinto de morador do pântano para pisar nos lugares certos. Mais à frente, Harrison viu o brilho de algo que não era lama, e Celia parou à beira de uma extensão de água nojenta.

— O Lugar do Altar está cercado de água por todos os lados, menos por um — ela sibilou. — Nós estamos no coração do pântano, estamos em um lugar tão escondido que ninguém vem, exceto em situações como esta. Não há cabanas por perto. Me siga! Eu sei de uma ponte que ninguém conhece.

Quando chegou no ponto em que o riacho lento se reduziu a mais ou menos quinze metros, viram uma árvore caída, servindo de ponte. Celia subiu no tronco, equilibrando-se quando chegou na parte de cima. Ela balançava sobre a árvore, uma figura pequena e espectral naquela noite nublada. Harrison montou no tronco e se arrastou de um modo vergonhoso.

Estava cansado demais para confiar no seu equilíbrio. Ele quase caiu enquanto Celia esperava, impaciente, na margem, mais à frente. Ela assistia, ansiosa, e lançou um olhar sob seu ombro, gritando um aviso repentino e urgente.

Harrison levantou-se ao mesmo tempo em que alguma coisa grande e pavorosa emergia de baixo d'água em um grande jato e com um estalar de presas imensas. Harrison saltou os últimos metros e pousou onde Celia estava, em um estado mais deplorável do que admitiria. Um criminoso em uma sala escura com uma faca era menos estressante do que aqueles assassinos perversos das águas escuras.

O solo era mais firme. Eles estavam, como Celia havia dito, em uma espécie de ilha no coração do pântano. A mulher, flexível, se enfiou entre os ciprestes, ofegante pela intensidade das suas emoções. Estava ensopada de suor; e a mão que apertou o pulso de Harrison, molhada e escorregadia.

Um tempo depois, quando a luz nas árvores aumentou para um brilho forte, ela parou e deslizou em direção ao mofo úmido, levando seu aliado consigo. Eles avistaram uma cena incrível na sua simplicidade primitiva.

Era uma clareira, livre de matagal, cercada por uma parede negra de ciprestes. Na sua borda, um tipo de estrada natural levava a um ambiente sombrio e sobre os sulcos havia uma trilha, marcada por vários pés. A trilha acabava na clareira; era o fim do caminho que Harrison vinha seguindo pelo pântano. No outro lado da clareira, havia um vislumbre de água escura refletindo as chamas do fogo.

Posicionados em semicírculo, com as costas viradas para a estrada, cerca de cinquenta homens, mulheres e crianças parecidas com Celia Pompoloi estavam sentadas. Harrison não imaginava que tantas pessoas vivessem no pântano. Elas encaravam fixamente um objeto no centro daquela meia-roda humana. Era um grande bloco de madeira escura que tinha uma aparência desconhecida, como se fosse um altar oriundo de outro lugar. Havia uma insinuação repulsiva naquele bloco e uma figura deformada, de olhar lascivo, que se erguia na parte de trás — um enorme ídolo esculpido, cujos traços bestiais pareciam reais e oscilantes por culpa da luz tremeluzente do fogo. Harrison sabia, intuitivamente, que aquela monstruosidade não havia sido esculpida na América. As pessoas de pele amarela trouxeram do Haiti e, com certeza, seus ancestrais negros haviam trazido originalmente da África. Percebia-se alguma semelhança com a "aura do Congo", um odor que antecede uma tempestade em selvas sombrias com formas contorcidas e sem rosto de uma noite mais primordial que essa. Harrison não era supersticioso, mas ele sentiu arrepios subindo por sua espinha. Do fundo da sua consciência, memórias vagas de tribos surgiram, evocando imagens inconstantes e monstruosas, da época que homens ainda adoravam deuses como aquele.

À frente do ídolo e perto do bloco, uma velha estava sentada, batendo com golpes rápidos e constantes em um pandeiro com suas mãos abertas. Aquilo rugia e murmurava, e os negros agachados balançavam e cantavam suavemente em uníssono. As suas vozes eram baixas, mas zumbiam uma nota de histeria. O fogo refletia nos seus olhos hipnotizados e dentes brancos.

Harrison procurou em vão por Bartholomew e Woon

Shang. Ele estendeu a mão para chamar a atenção de sua companheira. Ela não lhe atendeu. A figura sempre tão firme da mulher estava tensa e trêmula; era como se ele estivesse tocando em um arame esticado. Uma mudança súbita no cântico, um uivo feroz e selvagem, o fez mudar o foco de sua atenção.

Saindo das sombras das árvores, de trás do ídolo, avançava Bartholomew. Ele estava vestindo apenas uma tanga, como se estivesse se despindo da sua cultura civilizada ao usá-la. Sua expressão facial, sua postura, tudo estava diferente. Era como se ele fosse uma imagem do barbarismo encarnado. Harrison olhou seus bíceps tensos e os músculos rugosos que ficavam em destaque com a luz do fogo. Mas algo mais cativou sua atenção. Ao lado de John Bartholomew vinha outra figura, relutante, que, ao ser vista, foi alvo de gritos bestiais.

Com um aperto poderoso na mão esquerda, Bartholomew torcia a trança de Woon Shang, a quem Harrison vinha procurando de modo obsessivo. O chinês estava totalmente nu, sua pele amarela brilhando como marfim velho ao fogo. Suas mãos estavam amarradas para trás e ele parecia uma criança sob o domínio do seu executor. Shang não era um homem grande e, ao lado do enorme mulato, parecia menor ainda. Seu arquejo de medo foi ouvido claramente por Harrison, visto que, ao final do lamento, o ambiente se tornou silenciosamente tenso e os negros encararam o chinês com olhos brilhando em vermelho. Seus pés deixavam rastros no solo devido à força que ele fazia para impedir o avanço inexorável do seu captor. Na mão direita de Bartholomew brilhava uma grande lâmina afiada de aço em forma de meia-lua. Os espectadores estavam agitados: em poucos instantes, eles haviam retrocedido aos tempos primitivos, de onde provinham. Estavam frenéticos pela saturnália sanguinária que seus ancestrais realizavam no passado.

No rosto de Bartholomew, Harrison identificou total horror e uma determinação insana. Ele sentiu que o mulato não estava apreciando aquele drama primitivo terrível em que se enfiou. Mas ele também compreendeu que John teria que ir até o fim com aquilo, e que ele iria. Agora não era só pela joia do Coração da Grande Serpente que Bartholomew fazia aquilo, era para seguir no comando daqueles adoradores cruéis e demoníacos, dos quais sua vida dependia.

Harrison ajoelhou-se. Ele sacou seu revólver, engatilhou e mirou. A distância não era ideal e a luz era ilusória. Mesmo assim, sentiu que deveria tentar acertar Bartholomew com uma bala que atravessasse seu peito largo. Caso saísse de seu esconderijo e tentasse prender John, os negros, no seu atual frenesi fanático, iriam matá-lo. Se o sacerdote deles fosse baleado, o pânico poderia dominá-los. Ele estava quase atirando quando algo foi jogado no fogo. De modo abrupto, as chamas diminuíram, provocando um breu. De repente, elas cresceram de novo, queimando com um brilho verde estranho. Os rostos sombrios, à luz das chamas, lembravam os de cadáveres afogados.

Naqueles segundos de escuridão, Bartholomew havia chegado ao bloco. A cabeça da sua vítima estava abaixada e o mulato posicionou-se como uma imagem de bronze, seu braço direito musculoso levantado, equilibrando acima da sua cabeça a larga lâmina em forma de meia-lua. Antes que conseguisse finalizar o movimento, o que faria a cabeça de Woon Shang sair rolando ao pé deformado do ídolo sorridente e antes que Harrison pudesse apertar o gatilho, algo congelou o movimento de todos.

Dentro do estranho brilho verde, uma figura se movia. Era tão ágil que parecia flutuar na luz tremulante em vez de mover-se com os pés na terra. Um gemido irrompeu dos negros e eles se levantaram automaticamente. Celia Pompoloi estava horrível devido ao brilho verde, que conferia aos seus traços o aspecto da morte, e ao suor que escorria da sua roupa suja. Parecia o cadáver de uma mulher afogada que foi recentemente ressuscitada do seu túmulo marinho.

— Celia!

Foi um grito de uma mulher, resultado de meses engasgada, que antecedeu o tumulto.

— Celia Pompoloi! Oh, Deus! Ela realmente voltou das águas. Voltou do inferno!

— Sim, seus vermes! — Celia gritou, firme. — É a Celia Pompoloi aqui, vinda direto do inferno para levar John Bartholomew!

E, cheia de fúria, ela correu através da clareira iluminada em direção a John. A faca, que havia achado em algum lugar, brilhava na sua mão. Bartholomew, que havia ficado momentaneamente paralisado pela aparição da sua prisioneira, reagiu. Soltando Woon Shang, deu um passo à frente. John balança a pesada lâmina de aço com toda sua força. Harrison viu seus grandes músculos pulando sob sua pele brilhante enquanto ele dava o golpe final. Mas o salto de Celia era igual ao da pantera do pântano, o que fez a mulher ficar frente a frente com John e, no segundo seguinte, afundar a faca até o cabo no coração de Bartholomew. Com um grito abafado, ele cambaleou e caiu, levando a mulher com ele. Enquanto isso, Celia batalhava para retirar sua faca do corpo, agora morto.

Tão logo se desvencilhou do cadáver, Celia se levantou. A mulher estava ofegante, com o cabelo bagunçado, olhos assustados e lábios vermelhos se contorcendo em um quase sorriso enfurecido e diabólico. As pessoas gritaram e se afastaram dela, ainda certos de que observavam alguém que voltara dos mortos.

— Seus vermes! — ela gritou, em fúria. — Tolos! Porcos! Perderam o bom senso? Esqueceram todos meus ensinamentos? Deixaram esse miserável transformá-los em feras como as que eram os pais de vocês? Oh! — Procurando uma arma, ela pegou um galho flamejante e arremeteu violentamente contra eles. Homens grunhiam quando as chamas os tocavam, e as faíscas ficavam descontroladas. Com muitos gemidos, lamúrias e gritos, eles conseguiram fugir. A multidão frenética corria pela clareira com a sacerdotisa ensandecida logo atrás, gritando palavrões e golpeando-os com a tocha escaldante. Eles sumiram na escuridão e seus clamores silenciaram.

Harrison levantou-se, maravilhado, e formalmente dirigiu-se ao fogo, agora apagado. Bartholomew estava morto, mas seus olhos cristalinos pareciam encarar a lua que surgia entre as nuvens dispersas. Woon Shang estava agachado, balbuciando palavras incoerentes em chinês, até Harrison levantá-lo.

—Woon Shang — disse o detetive, exausto. — Está preso pelo assassinato de Li-keh-tsung. Tudo que disser poderá e será usado contra você no tribunal.

Aquele clichê parecia dar ao episódio um pouco de sanidade, em oposição aos horrores fantásticos dos eventos recentes. O chinês não fez nenhuma objeção. Ele parecia atordoado, murmurando:

— Isso vai partir o coração do meu honrável pai. Ele prefere me ver morto do que na cadeia.

— Deveria ter pensando nisso antes — disse Harrison, duramente. Pela força do hábito, ele cortou as cordas das mãos de Woon e procurou suas algemas, até lembrar que perdera junto com seu casaco.

— Oh, então... — ele suspirou. — Suponho que não precisará delas. Vamos indo.

Colocando uma mão pesada do ombro do prisioneiro, Harrison alternava entre guiar Woon e empurrá-lo pelo caminho. O detetive sentia-se tonto e com fadiga, mas, atrelado a isso, sentia uma determinação confusa de tirar seu prisioneiro do pântano e levá-lo à cadeia antes que não se aguentasse mais em pé. Ele sentia que não precisava mais temer os moradores do pântano, mas ele queria sair daquele ambiente decadente e enlameado, no qual parecia estar vagando havia décadas. Woon Shang, com olhadas furtivas, reparou na condição do detetive. Na medida em que o medo se esvaía a cada olhar suspeito em direção a Harrison, planos eram elaborados.

— Eu tenho dez mil dólares — começou a balbuciar. — Eu os escondi antes de os negros me capturarem. Vou dar tudo a você se me deixar ir embora...

— Ah, cala a boca! — reclamou Harrison, cansado, dando um forte empurrão no chinês. Woon Shang tropeçou e caiu de joelhos, seu ombro nu escorregando do aperto de Harrison. O detetive estava se inclinando para erguê-lo quando o chinês se levantou. Woon segurava um pedaço de madeira e golpeou, de modo violento, a cabeça de Harrison. O detetive cambaleou, quase caindo, e Woon Shang, em uma última tentativa desesperada pela sua liberdade, correu. O chinês não seguiu na trilha em que ele e Harrison estavam, e sim em direção à água negra que reluzia além da concentração de ciprestes. Harrison o seguiu mecanicamente e sem nenhum plano em mente, mas o fugitivo continuou em linha reta e caiu na água escura com um estrondo.

A cabeça oscilante de Woon Shang quase não era visível entre as sombras das samambaias suspensas. No minuto seguinte, um rugido selvagem cortou o silêncio da noite. A água tornou-se turbulenta e agitada. Viu-se um vislumbre de um corpo amarelo terrivelmente contorcido, e de uma forma mais escura e comprida. Então as águas manchadas de sangue se fecharam sobre Woon Shang para sempre.

Harrison suspirou e sentou-se em um tronco apodrecido.

— Pois bem — ele disse em voz alta, cansado —, assunto encerrado. Foi melhor assim. Os pais de Woon preferem ele morto desse jeito do que na cadeira elétrica, e eles são pessoas decentes, apesar do filho. Se isso fosse a julgamento, eu teria que dizer que Celia enfiou uma faca naquele demônio do Bartholomew e odiaria vê-la processada por matar aquele miserável. Dessa forma, o caso pode ser concluído. Ele teve o que mereceu e eu posso entregar o dinheiro para a neta de Li-keh-tsung. E quanto a mim... posso, finalmente, voltar para os colchões de pena e aos bifes fritos da civilização.

RATOS DE CEMITÉRIO

Capítulo I — A Cabeça vinda do Túmulo

Saul Wilkinson acordou de repente e permaneceu deitado na escuridão com gotas de suor frio nas mãos e no rosto. Estremeceu ao lembrar do sonho que o acordara.

Mas sonhos terríveis não eram nada incomuns. Pesadelos macabros assombravam seu sono desde a tenra infância. Era outro medo que agarrava seu coração com dedos gelados — o medo do som que o assustara. Fora um passo furtivo — mãos hesitantes no escuro.

E então uma pequena correria soou no quarto — um rato correndo de um lado ao outro sobre o piso.

Ele tateou debaixo do travesseiro com dedos trêmulos. A casa estava quieta, mas a imaginação povoou a escuridão com imagens de horror. Mas nem tudo era imaginação. Um leve agito no ar indicou a ele que a porta que dava no corredor estava aberta. Sabia que tinha fechado essa porta antes de ir para a cama. E sabia que não fora um de seus irmãos que chegara tão sutilmente ao seu quarto.

Naquela casa tensa e assombrada pelo ódio, ninguém chegava à noite no quarto do irmão sem antes ser anunciado.

E este era exatamente o caso desde que uma rixa antiga ceifara o irmão mais velho quatro dias antes — John Wilkinson, morto a tiros nas ruas da cidadezinha montanhosa por Joel Middleton, que escapou para as montanhas cobertas de carvalhos jurando uma vingança ainda maior contra os Wilkinson.

Tudo isso passou pela mente de Saul ao que ele tirava o revólver debaixo do travesseiro.

Quando deslizou para fora da cama, o ranger das molas o deixou com o coração na boca, e ele se agachou ali por um momento, prendendo a respiração e forçando os olhos no escuro.

Richard estava dormindo no andar de cima, assim como Harrison, o detetive da cidade que Peter contratara para caçar Joel Middleton. O quarto de Peter ficava no andar térreo, mas em outra ala. Um grito por socorro poderia acordar os três, mas também poderia trazer uma chuva de balas, caso Joel Middleton estivesse por ali se esgueirando nas sombras.

Saul compreendia que esta luta era dele e que deveria travá-la sozinho no escuro que sempre temera e odiara. E o tempo inteiro soava aquele tamborilar suave de pés minúsculos correndo para cima e para baixo, para cima e para baixo...

Agachado contra a parede, amaldiçoando o pulsar de seu coração, Saul lutou para acalmar os nervos em frangalhos. Estava encostado na parede que formava a divisão entre seu quarto e o corredor.

As janelas eram quadrados cinzentos esmaecidos na

escuridão, e ele conseguia distinguir vagamente a mobília em todos os lados do quarto, exceto um. Joel Middleton deveria estar lá, abaixado perto da lareira velha, que estava invisível no escuro.

Mas por que ele esperava? E por que aquele rato maldito estava correndo para lá e para cá diante da lareira como se estivesse em um frenesi de medo e avidez? Do mesmo modo que Saul vira ratos correndo para cima e para baixo no chão do açougue, enlouquecidos na tentativa de alcançar a carne pendurada fora de alcance.

Sem fazer barulho, Saul caminhou ao longo da parede em direção à porta. Se houvesse um homem no quarto, ele estaria alinhado entre Saul e uma janela. Porém, ao que deslizou junto à parede como um fantasma de pijamas, nenhuma forma ameaçadora surgiu das trevas. Ele alcançou a porta e a fechou silenciosamente, estremecendo com sua proximidade do negrume impiedoso do corredor lá fora.

Mas nada aconteceu. Os únicos sons eram os das batidas selvagens de seu coração, o tique-taque barulhento de um relógio antigo em cima da lareira — o tamborilar enlouquecedor do rato oculto. Saul cerrou os dentes ante o grito de seus nervos torturados. Mesmo em meio a um terror crescente, ele encontrou tempo de se perguntar o porquê daquele rato estar correndo para baixo e para cima na frente da lareira.

A tensão tornou-se insuportável. A porta aberta provava que Middleton, ou alguém — ou alguma coisa — entrara no quarto. Por que Middleton viria senão para matar? Mas por que, em nome de Deus, ele já não teria atacado? O que ele estava esperando?

Os nervos de Saul estalaram de súbito. A escuridão o estrangulava, e aqueles pés de rato tamborilando eram como martelos em brasa em seu cérebro arruinado. Necessitava de luz, mesmo que essa luz trouxesse uma saraivada de chumbo quente sobre ele.

Em uma pressa atrapalhada, agarrou-se à cornija da lareira, procurando uma lâmpada. E ele gritou — um horrível grunhido sufocado que não poderia chegar além do quarto — pois sua mão, tateando o escuro sobre a cornija, tocara nos cabelos de um escalpo humano!

Um guincho furioso soou no escuro a seus pés e uma dor aguda atravessou seu tornozelo quando o rato o atacou como se ele fosse um intruso que quisesse roubar algum objeto cobiçado.

Entretanto, Saul nem estava muito ciente do roedor ao chutá-lo e recuar, seu cérebro em um redemoinho de perturbação. Fósforos e velas estavam sobre a mesa, e ele cambaleou até lá, mãos varrendo a escuridão e encontrando o que desejava.

Acendeu a vela e deu a volta, arma erguida na mão trêmula. Não havia nenhum homem vivo na sala além dele. Mas seus olhos distendidos se concentraram na lareira — e no objeto sobre ela.

Ele ficou paralisado; a princípio, seu cérebro se recusava a registrar o que os olhos revelavam. Então soltou um grunhido inumano e a arma caiu no chão ao que escorregou entre seus dedos entorpecidos.

John Wilkinson estava morto, com uma bala no coração. Três dias se passaram desde que Saul vira o corpo ser encerrado no caixão grosseiro e colocado na cova do velho cemitério da família Wilkinson. Por três dias, o solo de argila dura cozinhara ao sol quente acima do corpo encaixotado de John Wilkinson.

No entanto, de cima da lareira, o rosto de John Wilkinson zombava dele — branco, frio e morto.

Não era um pesadelo, nem um sonho louco. Ali, sobre a lareira, jazia a cabeça decepada de John Wilkinson.

E diante da lareira, para lá e para cá, para lá e para cá, corria uma criatura de olhos vermelhos que chiava e guinchava — um enorme rato cinza enlouquecido pelo fracasso em alcançar a carne que sua fome mórbida ansiava.

Saul Wilkinson começou a gargalhar — urros terríveis de abalar a alma que se misturaram aos guinchos do carniceiro cinzento. O corpo de Saul balançou para frente e para trás, e o riso se transformou em um choro insano que, por sua vez, deu lugar a berros medonhos que ecoaram pela casa velha e tirou os adormecidos de seu sono.

Eram os gritos de um ensandecido. O horror testemunhado apagara a razão de Saul Wilkinson como a chama de uma vela assoprada.

Capítulo II — O Ódio de um Louco

Foram os gritos que despertaram Steve Harrison, que dormia em um quarto no andar de cima. Antes de estar totalmente acordado, ele já descia as escadas escuras, pistola em uma das mãos, lanterna na outra.

No corredor, viu luz surgindo debaixo de uma porta fechada e foi em direção a ela. Porém, outra pessoa estava na frente dele. Assim que Harrison chegou ao patamar, viu uma figura apressada no corredor e jogou o feixe da lanterna sobre ela.

Era Peter Wilkinson, alto e descarnado, com um atiçador na mão. Ele gritou algo incoerente, escancarou a porta e correu para dentro.

Harrison o ouviu exclamar:

— Saul! Qual é o problema? Está olhando o quê… — Então um grito terrível: — Meu Deus!

O atiçador retumbou no chão, e então os gritos do

maníaco aumentaram em um *crescendo* de fúria.

Foi neste momento que Harrison alcançou a porta e observou a cena com um olhar assustado. Ele viu dois homens de pijama engalfinhados sob a luz das velas, enquanto da lareira um rosto frio, morto e branco os encarava cegamente, e um rato cinzento corria em círculos insanos aos pés deles.

Nesta cena de horror e loucura, Harrison impulsionou seu corpo poderoso e maciço. Peter Wilkinson estava em apuros. Ele derrubara o atiçador e agora, com sangue escorrendo de um ferimento na cabeça, tentava em vão arrancar de sua garganta os dedos magros de Saul.

O brilho nos olhos de Saul indicou a Harrison que o homem estava louco. Enganchando o pescoço do maníaco com um braço enorme, ele o soltou de sua vítima com um esforço de força pura que nem mesmo a energia anormal da insanidade poderia resistir.

Os músculos tensos do louco pareciam cabos de aço sob as mãos do detetive, e Saul se contorceu, seus dentes estalando como os de um animal na direção do pescoço de Harrison. O detetive afastou de si aquela fúria espumante e esmagou um punho contra a mandíbula do louco. Saul desabou no chão e ficou parado, olhos vidrados e membros trêmulos.

Peter encostou-se em uma mesa, arfando com a face roxa.

— Pegue cordas, rápido! — Harrison gritou, levantando a figura desfalecida do chão e deixando-a cair em uma poltrona grande. — Rasgue aquele lençol em tiras. Temos que amarrá-lo antes que volte a si. Inferno!

O rato tinha feito um ataque esfomeado aos pés descalços do homem inconsciente. Harrisson o chutou para longe, mas ele guinchou em fúria e voltou ao ataque com uma persistência macabra. Harrison o esmagou debaixo de seu pé, interrompendo o guincho enlouquecido.

Peter, arfando convulsivamente, enfiou nas mãos do detetive as tiras que arrancara do lençol, e Harrison amarrou os membros desmaiados com eficiência profissional. Em meio à tarefa, olhou para cima e viu Richard, o irmão mais novo, parado na porta com o rosto branco.

— Richard! — Peter se engasgou. — Veja! Meu Deus! A cabeça de John!

— Eu vi! — Richard mordeu os lábios. — Mas por que estão amarrando Saul?

— Ele ficou louco — Harrison disse. — Traga um pouco de whisky, sim?

Ao que Richard pegou a garrafa de uma prateleira com cortinas, botas soaram na varanda do lado de fora e uma voz gritou:

— Ô de casa! Dick! Algum problema?

— É o nosso vizinho, Jim Allison — Peter murmurou.

Ele andou até a porta no lado oposto à que se abria para o corredor e girou a chave na fechadura antiga. Esta porta se abria para uma varanda lateral. Um homem de cabelos desgrenhados e calças enfiadas por cima do pijama entrou aos tropeços.

— Qual é o problema? — ele exigiu. — Eu ouvi alguém gritando e corri para cá o mais rápido que pude. O que você está fazendo com Saul... Deus Todo-Poderoso!

Ele viu a cabeça sobre a lareira e sua face ficou cinzenta.

— Vá chamar o delegado, Jim! — Peter grunhiu. — Isso é obra do Joel Middleton!

Allison correu para a rua, cambaleando ao espiar sobre o próprio ombro em uma fascinação mórbida.

Harrison conseguira derramar um pouco de bebida nos lábios pálidos de Saul. Ele entregou a garrafa na mão de Peter e andou até a lareira. Tocou o objeto sinistro e foi tomado de um breve arrepio. Seus olhos se apertaram de súbito.

— Você acha que Middleton desenterrou seu irmão e cortou a cabeça dele? — perguntou.

— Quem mais seria? — Peter o encarou fixamente.

— Saul está louco. Loucos fazem coisas estranhas. Talvez Saul tenha feito isso.

— Não! Não! — Peter exclamou, estremecendo. — Saul não deixou a casa o dia inteiro. A sepultura de John estava intocada esta manhã quando passei pelo velho cemitério a caminho da fazenda. Saul estava bem quando foi para a cama. Foi ver a cabeça de John que o enlouqueceu. Joel Middleton esteve aqui para executar sua vingança terrível! — Ele se ergueu de repente, gritando: — Meu Deus, ele ainda pode estar escondido em algum lugar da casa!

— Vamos procurar — Harrison disse. — Richard, você fica aqui com Saul. É melhor vir comigo, Peter.

No corredor do lado de fora, o detetive apontou um feixe de luz para a pesada porta da frente. A chave estava virada na fechadura enorme. Ele deu a volta e atravessou o corredor a passos largos perguntando:

— Qual é a porta mais distante de qualquer um dos dormitórios?

— A porta de trás da cozinha! — Peter respondeu e mostrou o caminho. Instantes mais tarde eles estavam diante dela. Estava parcialmente aberta, emoldurando uma fenda de céu estrelado.

— Ele deve ter ido e vindo por aqui — Harrison murmurou. — Tem certeza de que esta porta estava trancada?

— Eu mesmo tranquei todas as portas — Peter afirmou. — Veja aqueles arranhões no lado de fora! E ali está a chave caída no chão por dentro.

— Fechadura antiquada — Harrison bufou. — Um homem poderia tirar a chave pelo lado de fora usando um arame, forçando a fechadura com facilidade. E esta é a fechadura mais lógica para se forçar, porque o barulho provavelmente não seria ouvido por ninguém da casa.

Ele saiu para a varanda dos fundos. O quintal amplo não tinha árvores ou arbustos, e uma cerca de arame farpado o separava da pastagem que ia até um lote de floresta densa composta de carvalhos, parte da mata que cercava a vila de Lost Knob por todos os lados.

Peter olhou na direção da floresta, uma muralha baixa e negra sob a luz fraca das estrelas, e estremeceu.

— Ele está por aí em algum lugar — sussurrou. — Nunca suspeitei que ele ousaria nos atacar em nossa própria casa. Trouxe você até aqui para caçá-lo. Nunca imaginei que precisaríamos de você para nos proteger!

Sem responder, Harrison desceu para o quintal. Peter se afastou da luz das estrelas e permaneceu agachado na beira da varanda.

Harrison atravessou a pastagem estreita e parou na antiga cerca da ferrovia que a separava da mata. Ela era negra como apenas os arvoredos de carvalho podem ser.

Nenhum farfalhar de folhas, nenhum barulho de galhos traía alguma presença à espreita. Se Joel Middleton estivera ali, ele já deveria ter procurado refúgio nas colinas escarpadas que cercavam Lost Knob.

Harrison deu a volta em direção à casa. Chegara a Lost Knob na tarde anterior. Agora já passava da meia-noite. Mas as notícias macabras estavam se espalhando, mesmo na calada da noite.

A casa dos Wilkinson ficava na divisa oeste da cidade, e a casa dos Allison era a única num espaço de 100 metros. Mas Harrison viu luzes surgindo em janelas distantes.

Peter estava na varanda, a cabeça esticada em seu pescoço comprido, como o de um urubu.

— Encontrou alguma coisa? — perguntou, ansioso.

— Rastros não apareceriam neste chão duro — o detetive grunhiu. — O que você viu exatamente quando entrou no quarto do Saul?

— Saul de pé na frente da cornija da lareira, gritando com a boca escancarada — Peter respondeu. — Quando vi... o que ele viu, devo ter gritado e derrubado o atiçador. Então Saul pulou em mim como um animal selvagem.

— A porta dele estava trancada?

— Fechada, mas não trancada. A fechadura quebrou acidentalmente uns dias atrás.

— Mais uma pergunta: o Middleton já esteve nesta casa antes?

— Não que eu saiba — Peter respondeu sombriamente. — Nossas famílias se odeiam há vinte e cinco anos. Joel é o último de seu nome.

Harrison voltou para dentro da casa. Allison retornara com o delegado McVey, um homem alto, taciturno, que visivelmente se ressentia com a presença do detetive. Homens se reuniam na varanda lateral e no pátio. Conversavam em voz baixa, exceto por Allison, que vociferava sua indignação.

— Esse é o fim de Joel Middleton! — ele proclamou aos gritos. — Teve gente que ficou ao lado dele quando matou John. Eu me pergunto o que eles pensam agora. Desenterrar um homem morto e cortar a cabeça dele? Isso é coisa dos índios! Acho que o povo não vai esperar que nenhum júri diga o que fazer com Joel Middleton!

— É melhor pegá-lo antes de começar a linchá-lo — McVey resmungou. — Peter, vou levar o Saul para o tribunal do condado.

Peter assentiu em silêncio. Saul estava recuperando a consciência, mas o brilho insano de seu olhar continuava o mesmo. Harrison disse:

— Que tal irmos ao cemitério dos Wilkinson para ver o que conseguimos encontrar? Talvez seja possível rastrear Middleton a partir dali.

— Eles te trouxeram aqui para fazer o trabalho que não me julgaram bom o suficiente para fazer — McVey rosnou. — Tudo bem. Vá em frente e faça isso... sozinho. Eu vou levar Saul para o tribunal do condado.

Com a ajuda dos assistentes, ele levantou o maníaco amarrado e foi embora. Nem Peter ou Richard se ofereceram para acompanhá-lo. Um homem alto, desengonçado, deu um passo à frente dos companheiros e se dirigiu meio sem jeito a Harrison:

— O que o delegado faz é problema dele, mas todos nós aqui estamos prontos para ajudar no que for preciso se você quiser organizar um grupo e vasculhar a região.

— Não, obrigado. — Harrison foi involuntariamente brusco. — Vocês podem me ajudar debandando agora. Vou trabalhar nisso sozinho, do meu jeito, como o delegado sugeriu.

Os homens se afastaram de imediato, silenciosos e ressentidos, e Jim Allison os seguiu depois de um momento de hesitação. Após todos partirem, Harrison fechou a porta e virou-se para Peter.

— Você me leva até o cemitério?

Peter estremeceu.

— Não é um risco terrível? Middleton mostrou que não vai parar por nada.

— E por que ele iria parar? — Richard riu ferozmente. Sua boca estava contorcida, os olhos acesos com uma zombaria cruel, e linhas de sofrimento estavam gravadas profundamente em seu rosto. — Nós nunca paramos de persegui-lo — ele disse. — John o trapaceou e tirou dele o último pedaço de terra que tinha... foi por isso que Middleton o matou. Algo pelo qual vocês ficaram piamente agradecidos!

— Você está falando besteira! — Peter exclamou.

Richard riu com amargura.

— Seu velho hipócrita! Nós somos todos predadores, nós, Wilkinsons... como esta coisa! — Ele chutou cruelmente o rato morto. — Nós odiamos uns aos outros. Você está feliz que Saul ficou louco! Está feliz que John morreu. Só restou a mim agora, e tenho uma doença cardíaca. Ah, pode me encarar se quiser! Não sou trouxa. Eu te vi debruçado sobre as falas de Aarão em *Tito Andrônico*: "Tantas vezes desenterrei homens mortos de suas covas e os coloquei de pé às portas de seus queridos amigos!"

— Você está louco também! — Peter deu um salto, lívido.

— Oh, será mesmo? — Richard se colocara num estado de quase frenesi. — Que prova nós temos de que você não cortou a cabeça do John? Você sabia que o Saul era um neurótico, que um choque desses podia enlouquecê-lo! E você visitou o cemitério ontem!

A face contorcida de Peter era uma máscara de fúria. Então, com um esforço de controle ferrenho, relaxou e disse calmamente:

— Você está exausto, Richard.

— Saul e John te odiavam — Richard rosnou. — Eu sei o motivo. Era porque você não aceitava arrendar nossa fazenda em Wild River para aquela companhia de petróleo. Não fosse a sua teimosia, nós poderíamos estar todos ricos.

— Você sabe por que eu não arrendaria — Peter disse. — A perfuração ali iria arruinar o valor agrícola do terreno... um lucro certo, não uma aposta arriscada como o petróleo.

— Assim você diz — Richard escarneceu. — Mas e se isso for só uma cortina de fumaça? E se você sonha em ser o único herdeiro sobrevivente, tornando-se um milionário do petróleo sozinho, sem nenhum irmão para dividir...

Harrison interrompeu:

— Vamos ficar nessa lenga-lenga a noite toda?

— Não! — Peter deu as costas para o irmão. — Eu te levo ao cemitério. Prefiro encarar Joel Middleton no meio da noite do que continuar ouvindo os desvarios desse lunático por mais tempo.

— Eu não vou — Richard rosnou. — Lá fora, no escuro da noite, tem muitas chances para você eliminar o herdeiro restante. Vou sair e passar o resto da noite com Jim Allison.

Ele abriu a porta e desapareceu na escuridão.

Peter recolheu a cabeça e a enrolou em um pano, estremecendo de leve ao fazê-lo.

— Você notou como o rosto está bem preservado? — ele sussurrou. — A gente pensa que depois de três dias... Vamos. Vou devolver isso ao túmulo a que pertence.

— Eu chuto o rato morto para fora. — Harrisou começou a dar a volta, então parou. — O bicho maldito sumiu!

Peter Wilkinson empalideceu ao que seus olhos vasculharam o assoalho vazio.

— Ele estava ali! — sussurrou. — Estava morto. Você o esmagou! Não poderia ter voltado à vida e fugido.

— Bem, o que importa? — Harrison não pretendia perder tempo com um mistério menor.

Os olhos de Peter brilharam cansados sob a luz das velas.

— Era um rato de cemitério! — sussurrou. — Nunca tinha visto um antes numa casa habitada, na cidade! Os índios costumavam contar histórias estranhas sobre eles! Eles diziam que não eram animais de verdade, mas demônios canibais, nos quais entravam os espíritos malignos dos mortos de cujos cadáveres eles se alimentavam!

— Inferno! — Harrison bufou, apagando a vela. Mas sua pele se arrepiou. Afinal, um rato morto não poderia sair rastejando sozinho.

Capítulo III — A Sombra Emplumada

Nuvens corriam entre as estrelas. O ar estava quente e sufocante. A estrada irregular e estreita que serpenteava na direção oeste até as colinas era péssima. Mas Peter Wilkinson dirigiu seu velho Ford Modelo T com habilidade, e o vilarejo logo foi perdido de vista atrás deles. Não mais passavam por casas. De cada lado, os densos arvoredos de carvalho se amontoavam próximos das cercas de arame farpado.

Peter rompeu o silêncio de súbito:

— Como aquele rato entrou na nossa casa? Eles dominaram as matas ao longo dos riachos e infestam cada cemitério campestre nas colinas. Mas nunca tinha visto um no vilarejo antes. Deve ter seguido o Joel Middleton quando ele trouxe a cabeça.

Um solavanco e uma trepidação monótona fizeram Harrison xingar. O carro parou com um ranger de freios.

— Furado — Peter resmungou. — Não vai levar muito tempo para trocar o pneu. Você vigia a floresta. Joel Middleton pode estar escondido em qualquer lugar.

Parecia um bom conselho. Enquanto Peter lutava contra metal enferrujado e borracha teimosa, Harrison se posicionou entre ele e o grupo de árvores mais próximo, mão sobre o revólver. O vento noturno soprava entre as folhas, e por uma vez ele pensou ter visto o brilho de olhos pequenos em meio aos troncos.

— Tudo certo — Peter anunciou enfim, virando-se para largar o macaco. — Já perdemos muito tempo.

— Ouça! — Harrison sinalizou, tenso. A oeste soara um grito súbito de dor ou medo. Então veio o impacto de pés correndo sobre o chão duro, o farfalhar de arbustos, como se alguém fugisse às cegas entre as árvores a uma centena de metros da estrada. Em um instante, Harrison atravessou a cerca e correu na direção do som.

— Socorro! Socorro! — Era uma voz de terror extremo. — Pelo amor de Deus, socorro!

— Por aqui! — Harrison gritou, irrompendo em uma clareira. O fugitivo oculto evidentemente alterou seu curso em resposta, pois as pisadas fortes ficaram mais altas, e então ouviu-se um guincho terrível e uma figura cambaleou da mata no lado oposto da clareira e tombou.

A débil luz das estrelas mostrou uma forma vaga se contorcendo, com uma figura mais escura em suas costas. Harrison vislumbrou o brilho de aço e ouviu o som de um golpe. Ele puxou a arma e arriscou um disparo. Ao som do tiro, a figura mais escura se soltou, pulou e desapareceu nos arbustos. Harrison correu, um arrepio estranho percorrendo sua espinha por causa do que vira no clarão do disparo.

Agachou-se na beira da mata e espiou. A figura sombria desaparecera sem deixar nenhum rastro além do homem que jazia aos gemidos na clareira.

Harrison curvou-se sobre ele ligando a lanterna. Era um homem velho, uma figura desgrenhada, selvagem, com cabelos e barba brancos e emaranhados. A barba estava manchada de vermelho agora e sangue jorrava de uma punhalada profunda nas costas.

— Quem fez isso? — Harrison questionou, vendo que era inútil tentar estancar a sangria. O velho estava morrendo. — Joel Middleton?

— Não pode ter sido. — Peter seguira o detetive. — Este é o velho Joash Sullivan, um amigo do Joel. É meio louco, mas eu suspeitava que ele mantinha contato com Joel e dava informações a ele...

— Joel Middleton — o velho murmurou. — Eu tinha que encontrá-lo para contar sobre a cabeça do John...

— Onde Joel está se escondendo? — o detetive exigiu.

Sullivan afogou-se com sangue, cuspiu e balançou a cabeça.

— Você nunca vai saber por mim! — Ele dirigiu um olhar com o brilho sombrio dos moribundos a Peter. — Você está levando a cabeça do seu irmão de volta para a cova, Peter Wilkinson? Tome cuidado para não encontrar a sua própria cova antes do fim da noite! Amaldiçoado seja o seu nome! Suas almas pertencem ao Diabo, e os ratos de cemitério vão comer a sua carne! Os fantasmas dos mortos andam pela noite!

— O que você quer dizer? — Harrison exigiu. — Quem te apunhalou?

— Um homem morto! — Sullivan fenecia rápido. — Eu o encontrei quando voltava do encontro com Joel Middleton. Caçador de Lobos, o chefe Tonkawa que seu avô matou há muitos anos, Peter Wilkinson! Ele me perseguiu e me esfaqueou. Eu o vi muito bem sob a luz das estrelas... quase nu com sua tanga, pintura e penas. Bem como o vi quando era criança, antes do seu avô matá-lo. Foi Caçador de Lobos que tirou a cabeça do seu irmão da sepultura! — A voz de Sullivan era um sussurro mórbido. — Ele voltou do Inferno para cumprir a maldição que lançou sobre o seu avô quando ele o baleou pelas costas para reivindicar as terras da tribo. Cuidado! O fantasma dele vaga pela noite! Os ratos de cemitério o servem. Os ratos de cemitério...

Sangue irrompeu de seus lábios barbados e ele se recostou, morto.

Harrisou ergueu-se sombriamente.

— Deixe-o aqui. Recolhemos o corpo dele quando voltarmos para a cidade. Vamos para o cemitério.

— Vamos arriscar? — O rosto de Peter estava branco. — De um humano não tenho medo, nem mesmo de Joel Middleton, mas um fantasma...

— Não seja tolo! — Harrison bufou. — Você não disse que o velho era meio louco?

— Mas e se Joel Middleton estiver escondido em algum lugar próximo...

— Eu cuido dele! — Harrison tinha uma confiança invencível em sua própria habilidade de combate. O que ele não disse a Peter, quando retornaram ao carro, foi que vislumbrara o assassino no clarão do disparo. A lembrança deste vislumbre fazia os cabelos de sua nuca se arrepiarem.

A figura estava nua, exceto por uma tanga, mocassins e um cocar de penas.

— Quem foi esse Caçador de Lobos? — perguntou enquanto dirigiam.

— Um chefe Tonkawa — Peter murmurou. — Ficou amigo do meu avô e mais tarde foi assassinado por ele, como Joash falou. Dizem que os ossos dele estão até hoje no velho cemitério.

Peter ficou em silêncio, aparentemente capturado por divagações mórbidas.

A cerca de sete quilômetros da cidade, a estrada passava por uma clareira sombria. Era o cemitério dos Wilkinson. Uma cerca de arame farpado enferrujado rodeava um aglomerado de túmulos cujas lápides brancas se inclinavam em ângulos insanos. As ervas daninhas cresciam espessas, disseminadas sobre os monturos das covas.

Os carvalhos se amontoavam por todos os lados, e a estrada serpenteava entre eles após o portão decaído. Do outro lado das copas das árvores, quase um quilômetro a oeste, era visível uma forma indefinida que Harrison sabia ser o telhado de uma casa.

— A velha fazenda dos Wilkinson — Peter disse em resposta ao detetive. — Nasci ali, assim como meus irmãos. Ninguém vive nela desde que nos mudamos para o vilarejo, dez anos atrás.

Os nervos de Peter estavam tensos. Mirou com medo a floresta negra em volta dele, e suas mãos tremeram ao acender um lampião que tirou do carro. Estremeceu quando pegou o objeto redondo envolto em pano que jazia no banco de trás; talvez ele visualizasse o rosto branco, frio e pétreo que o pano ocultava.

Ao que atravessou por cima do portão baixo e liderou o caminho entre os monturos de ervas daninhas, sussurrou:

— Somos tolos. Se Joel Middleton estiver por aí na mata, ele pode nos acertar facilmente como se atirasse em coelhos.

Harrison não respondeu. Um instante depois Peter hesitou e jogou a luz sobre uma cova que estava livre de ervas daninhas. A superfície estava revirada e perturbada. Peter exclamou:

— Veja! Eu esperava encontrar uma cova aberta. Por que você acha que ele se deu o trabalho de tapá-la de novo?

— É o que vamos ver — Harrison grunhiu. — Você

tem coragem de abrir esta cova?

— Vi a cabeça de meu irmão — Peter respondeu sombriamente. — Acho que sou homem o bastante para ver o corpo decapitado sem desmaiar. Tem ferramentas no barracão no canto da cerca. Vou pegá-las.

Voltando em seguida com pá e picareta, ele pousou o lampião aceso no solo e a cabeça embrulhada perto dele. Peter estava pálido, e suor se acumulava em sua testa em gotas espessas. O lampião projetava as sombras dos dois, grotescamente distorcidas, através dos túmulos cheios de mato. O ar era opressivo. Havia, vez ou outra, o cintilar fraco de um relâmpago ao longo do horizonte sombrio.

— O que é aquilo? — Harrison se deteve, picareta em punho. Por todo o entorno soaram o farfalhar de arbustos e correrias. Além do círculo iluminado pelo lampião, amontoados de pequeninas esferas vermelhas brilharam na direção dele.

— Ratos! — Peter jogou uma pedra e as esferas desapareceram, embora o farfalhar tenha ficado mais alto. — Eles infestam este cemitério. Acredito que seriam capazes de devorar um homem vivo, se o pegassem indefeso. Desapareçam, servos de Satanás!

Harrison pegou a pá e começou a escavar montes da terra solta.

— Não deve ser um trabalho muito difícil — bufou. — Se ele cavou hoje ou no início dessa noite, a terra vai estar solta até o fundo...

Ele parou de repente, pá enfiada com força contra a terra e um formigamento nos cabelos curtos na nuca. No silêncio tenso, ouviu os ratos de cemitério correndo pela grama.

— Qual é o problema? — Uma nova palidez acinzentou o rosto de Peter.

— Acertei terra firme — Harrison disse vagarosamente. — Em três dias, este solo argiloso cozinha e fica tão duro quanto um tijolo. Mas se Middleton, ou qualquer outro, abriu e tapou esta cova hoje, a terra deveria estar solta até o fim. Não está. Debaixo dos primeiros centímetros já está prensada e dura! A parte de cima foi remexida, mas a cova não foi aberta desde que foi coberta pela primeira vez há três dias!

Peter cambaleou com um grito inumano.

— Então é verdade! — gritou. — O Caçador de Lobos voltou! Ele veio do Inferno e pegou a cabeça de John sem abrir o túmulo! Ele mandou seu demônio até nossa casa na forma de um rato! Um rato fantasma que não poderia morrer! Tire as mãos, maldito!

Pois Harrison o agarrara, grunhindo:

— Controle-se, Peter!

Mas Peter o afastou com o braço e se libertou. Deu a volta e correu — não na direção do carro estacionado fora do cemitério, mas para o lado oposto da cerca. Ele atravessou os arames enferrujados, rasgando um pedaço da roupa, e desapareceu na mata, sem dar atenção aos gritos de Harrison.

— Diabos! — Harrison parou e xingou com fervor. Onde mais, além do território das colinas negras, poderia acontecer algo assim? Raivoso, ele recolheu as ferramentas e escavou a argila prensada e cozida pelo sol escaldante até ficar quase tão dura como ferro.

O suor deslizava em correntes enquanto bufava e xingava, mas ele perseverou com todo o poder de seus músculos. Tinha a intenção de provar, ou refutar, uma suspeita crescente em sua cabeça — a suspeita de que o corpo de John Wilkinson nunca fora colocado na sepultura.

Os relâmpagos cintilavam com mais frequência e mais próximos, e o ribombar baixo de trovões começou no oeste. Uma rajada ocasional de vento fazia o lampião bruxulear e, ao que o monte ao lado da cova crescia e o homem escavando afundava cada vez mais, o farfalhar na grama ficou mais forte e as esferas vermelhas começaram a brilhar na relva. Harrison ouviu o mastigar sinistro de pequenos dentes à sua volta e praguejou ao lembrar-se das lendas terríveis sussurradas pelos negros de sua vizinhança natal sobre os ratos de cemitério.

A cova não era profunda. Nenhum Wilkinson desperdiçaria muito trabalho com os mortos. Enfim, o caixão tosco estava descoberto diante dele. Com a ponta da picareta, levantou um canto da tampa e aproximou o lampião. Uma praga assustada escapou de seus lábios. O caixão não estava vazio. Ele continha uma figura amontoada, sem cabeça.

Harrison escalou para fora da cova, a cabeça agitada encaixando as peças do quebra-cabeça. Os pedaços soltos tomando seu lugar, formando um padrão sombrio e ainda incompleto, mas criando forma. Procurou a cabeça embrulhada em panos, e teve um choque aterrorizante.

A cabeça tinha desaparecido!

Por um instante, Harrison sentiu um suor frio pegajoso em suas mãos. Então ele ouviu um guincho clamoroso, o mastigar de presas minúsculas.

Pegou o lampião e iluminou ao seu redor. No reflexo, viu uma mancha branca na grama perto de um amontoado de arbustos que invadia a clareira. Era o pano em que a cabeça fora embrulhada. Além dele, um monturo negro se contorcia e rolava com uma vida nauseante.

Com uma imprecação de ódio ele saltou, atacando e chutando. Os ratos de cemitério abandonaram a cabeça com guinchos estridentes, espalhando-se na frente dele como sombras. Harrison estremeceu. Não era um rosto que o encarava sob a luz do lampião, mas uma caveira branca sorridente na qual apenas farrapos de carne mastigada ainda se agarravam.

Enquanto o detetive se enterrava na cova de John Wilkinson, os ratos de cemitério despedaçavam a carne da cabeça de John Wilkinson.

Harrison se curvou e recolheu a coisa hedionda, agora três vezes mais horrível. Ele a envolveu no pano e, enquanto se endireitava, um sentimento próximo ao pavor tomou conta dele.

Ele foi rodeado por um círculo sólido de faíscas vermelhas que brilhavam na grama. Detidos pelo medo, os ratos de cemitério o cercaram, guinchando seu ódio.

Demônios, os negros os chamavam e, naquele momento, Harrison estava pronto para concordar.

Recuaram diante dele ao que deu a volta na direção da sepultura, e ele não viu a figura sombria que se esgueirou dos arbustos logo atrás. Um trovão explodiu, sobrepujando até mesmo o guinchar dos ratos, mas ele ouviu as pisadas leves atrás dele um segundo antes de receber o golpe.

Ele girou, sacando a arma, abaixando a cabeça; porém, ao que girava, algo como um estrondo de trovão ainda mais alto explodiu em sua cabeça com uma chuva de faíscas sobre seus olhos.

Enquanto cambaleava para trás, atirou às cegas, e gritou quando o clarão mostrou a ele uma terrível figura emplumada, seminua e pintada, agachada com uma machadinha em punho... A cova aberta estava atrás de Harrison no momento em que caiu.

Tombou dentro da sepultura, e sua cabeça atingiu a borda do caixão com um impacto doentio. Seu corpo poderoso desfaleceu e, como projéteis sombrios, os ratos de cemitério correram de todos os lados, enfiando-se dentro da cova em um frenesi de fome e sede de sangue.

Capítulo IV — Ratos no Inferno

Parecia ao cérebro embotado de Harrison que ele jazia na escuridão dos pisos sombrios do Inferno, um escuro iluminado por dardos de fogo das chamas eternas. O grito triunfante dos demônios soava em seus ouvidos enquanto o apunhalavam com espetos incandescentes.

Ele os via agora — monstruosidades dançando com seus narizes pontiagudos, orelhas contorcidas, olhos vermelhos e dentes brilhosos. Uma dor lancinante atravessou sua carne.

E, de repente, as brumas clarearam. Ele jazia, não no piso do Inferno, mas em um caixão no fundo de uma sepultura; as chamas eram o cintilar de relâmpagos do céu negro; e os demônios eram os ratos que pululavam sobre ele, retalhando com dentes afiados como navalhas.

Harrison gritou e se retorceu convulsivamente, e neste instante os ratos recuaram em alerta. Mas não deixaram o túmulo; eles se amontoaram ao longo das paredes, olhos brilhando avermelhados.

Harrison sabia que deveria ter ficado inconsciente por apenas alguns segundos. Caso contrário, os carniçais cinzentos já teriam arrancado a carne viva de seus ossos — como arrancaram a carne morta da cabeça do homem em cujo esquife ele jazia.

Seu corpo já estava ardendo em diversas partes, e as roupas estavam úmidas com seu próprio sangue.

Praguejando, ele começou a levantar — e o arrepio de um ataque de pânico o atravessou! Ao cair, seu braço esquerdo se enfiara no caixão parcialmente aberto, e o peso de seu corpo na tampa prendeu sua mão com força. Harrison lutou contra uma onda insana de terror.

Ele não conseguiria soltar a mão a menos que pudesse levantar o corpo da tampa — e o aprisionamento de sua mão o mantinha prostrado ali.

Encurralado!

Na cova de um homem assassinado, a mão presa ao caixão de um cadáver sem cabeça, com mil ratos carniceiros prontos para despedaçar a carne de seu corpo vivo!

Como se pudessem sentir seu desamparo, os ratos saltaram sobre ele. Harrison lutou pela vida como um homem em um pesadelo. Chutou, berrou, xingou, bateu neles com o revólver pesado que ainda segurava na outra mão.

As presas deles o apunhalavam, rasgando roupa e carne, e o cheiro acre o nauseava; quase o cobriram com seus corpos que se enroscavam e se contorciam. Ele os afastava, esmagando e destruindo com golpes de seu revólver.

Os canibais vivos atacavam seus irmãos mortos. Desesperado, ele se retorceu e enfiou o cano da arma contra a tampa do caixão.

Com o clarão do disparo e o estrondo ensurdecedor, os ratos correram para todos os lados.

Repetidas vezes, apertou o gatilho até que a arma estivesse vazia. As balas de calibre pesado destroçaram a tampa, arrancando uma grande tira da borda. Harrison tirou a mão ferida da abertura.

Engasgando-se e tremendo, saiu do túmulo e se colocou de pé, grogue. Sangue coagulara em seu cabelo da ferida causada pela machadinha fantasmagórica em seu escalpo, e sangue escorria de uma porção de dentadas em sua carne. Relâmpagos surgiam constantemente, mas o lampião ainda estava aceso. Porém, não estava no chão.

Parecia estar suspenso no ar — e então percebeu que ele estava na mão de um homem; um homem alto em uma capa de chuva preta, cujos olhos ardiam perigosamente debaixo do chapéu de aba larga. Na outra mão, o cano preto de uma pistola apontava para a barriga do detetive.

— Você deve ser o maldito polícia que o Peter Wilkinson trouxe aqui para me caçar! — o homem rosnou.

— Então você é o Joel Middleton! — Harrison grunhiu.

— Claro que eu sou! — o fora da lei disse cinicamente. — Onde está o Pete, aquele diabo velho?

— Ele se assustou e fugiu.

— Louco que nem o Saul, talvez — Middleton zombou. — Bom, diz a ele que eu estou guardando uma bala para aquela cara feia há muito tempo. E uma para o Dick também.

— Por que você veio aqui? — Harrison exigiu.

— Ouvi tiros. Cheguei aqui bem na hora que você estava saindo da cova. Qual o problema contigo? Quem foi que quebrou a sua cabeça?

— Não sei o nome dele — Harrison respondeu, acariciando a cabeça dolorida.

— Bom, não faz diferença para mim. Mas quero dizer que não fui eu que cortei a cabeça do John. Matei porque ele merecia. — O fora da lei praguejou e cuspiu. — Mas não fiz nada mais.

— Eu sei que não foi você — Harrison respondeu.

— Hein? — O fora da lei estava visivelmente surpreso.

— Você sabe em quais quartos os Wilkinson dormem na casa deles da cidade?

— Não — Middleton bufou. — Nunca entrei lá na minha vida.

— Foi o que pensei. Quem colocou a cabeça do John sobre a lareira do Saul tinha esse conhecimento. A porta dos fundos da cozinha era a única em que a fechadura poderia ser forçada sem acordar ninguém. A fechadura na porta de Saul estava quebrada. Você não poderia saber dessas coisas. Pareceu um trabalho interno desde o início. A fechadura foi arrombada para fazer parecer que era um trabalho de fora.

"Richard botou para fora algumas coisas que me fizeram acreditar que foi Peter. Decidi trazê-lo até o cemitério e ver se os nervos dele iriam aguentar uma acusação na frente do caixão aberto do irmão. Mas eu encontrei terra firme e soube que a cova não tinha sido aberta. Levei um susto e deixei escapar o que descobri. Mas é algo simples, afinal.

"Peter queria se livrar dos irmãos. Quando você matou John, isso sugeriu uma maneira para descartar Saul. O corpo de John ficou no caixão dentro do salão dos Wilkinson até ser enterrado na manhã seguinte. Não houve vigília. Foi fácil para Peter entrar no salão enquanto os irmãos dormiam, erguer a tampa do caixão e cortar a cabeça de John. Ele a colocou no gelo em algum lugar para preservá-la. Quando a toquei, percebi que estava quase congelada.

"Ninguém sabia o que tinha acontecido, porque o caixão não foi aberto de novo. John era ateu, e houve apenas um tipo de cerimônia breve. O caixão não foi aberto para os amigos olharem uma última vez, como é o costume. Então, esta noite a cabeça foi colocada no quarto de Saul. E isso o enlouqueceu.

"Não sei por que Peter esperou até esta noite, ou por que me colocou no caso. Ele mesmo deve ser meio louco. Não acho que tinha a intenção de acabar comigo quando me trouxe aqui. Mas quando descobriu que eu sabia que a cova não tinha sido aberta, ele viu que o jogo tinha terminado. Eu deveria ter sido esperto e ficado de boca fechada, mas estava tão certo de que Peter tinha aberto a cova para pegar a cabeça que, quando percebi que ela não foi aberta, falei involuntariamente, sem parar para pensar na alternativa. Peter fingiu um ataque de pânico e correu. Mais tarde, mandou seu sócio para me matar."

— Quem é ele? — Middleton exigiu.

— Como vou saber? Um sujeito que parece um índio.

— Aquela velha história do espírito Tonkawa entrou na sua cabeça! — Middleton escarneceu.

— Não disse que era um fantasma — Harrison falou irritado. — Ele era real o bastante para matar o seu amigo Joash Sullivan!

— O quê? — Middleton gritou. — Joash morto? Quem fez isso?

— O espírito Tonkawa, seja lá quem for. O corpo está a cerca de um quilômetro daqui, ao lado da estrada, entre os arvoredos, se você não acredita em mim.

Middleton soltou uma praga terrível.

— Deus do Céu, vou matar alguém por isso! Fique onde está! Não vou atirar num homem desarmado, mas, se você tentar vir atrás de mim, eu te mato com toda certeza. Então, fique fora do meu caminho. Estou indo, e não tente me seguir!

No instante seguinte, Middleton jogou o lampião no chão, onde ele se apagou com um ruído de vidro quebrando.

Harrison piscou na escuridão repentina que se seguiu, e o relâmpago seguinte mostrou que ele estava sozinho no velho cemitério.

O fora da lei partira.

Capítulo V — Os Ratos Comem

Praguejando, Harrison tateou o solo iluminado pelo clarão dos relâmpagos. Encontrou o lampião quebrado, e então algo mais.

Gotas de chuva salpicavam seu rosto ao que se dirigia para o portão. Em um instante, ele cambaleava por uma escuridão aveludada; no outro, as lápides brancas brilhavam na claridade ofuscante. A cabeça de Harrison doía assustadoramente. Apenas o acaso e o crânio forte salvaram sua vida. O pretenso assassino deve ter pensado que o golpe fora mortal e fugira levando a cabeça de John — para que propósito grotesco não se sabia, mas a cabeça sumira.

Harrison estremeceu ao pensar na chuva que enchia a sepultura aberta, mas ele não tinha força ou disposição para cobri-la de volta. Permanecer no cemitério escuro poderia significar a morte. O assassino poderia voltar.

Harrison olhou para trás enquanto subia na cerca. A chuva perturbara os ratos; o mato estava vivo com fugazes sombras de olhos flamejantes. Com um arrepio, Harrison andou até o carro. Ele subiu, encontrou sua lanterna e recarregou o revólver.

O volume da chuva aumentou. Logo, a pista esburacada para Lost Knob se tornaria um lamaçal. Em suas condições, ele não se sentia apto a dirigir debaixo de tempestade naquela estrada abominável. Mas não demoraria muito para a aurora. A velha fazenda ofereceria um refúgio até a luz do dia.

A chuva caía aos borbotões, encharcando-o, enfraquecendo as luzes já incertas enquanto dirigia pela estrada ruidosamente através das poças de lama. O vento soprava entre os carvalhos. A certa altura, grunhiu e piscou com força. Poderia jurar que um relâmpago revelara uma figura pintada, nua e emplumada deslizando no meio das árvores!

A estrada terminava em uma elevação densamente arborizada, próxima à margem de um riacho lamacento.

No cume, jazia a velha casa. Ervas daninhas e mato baixo surgiam das matas ao redor e iam até a varanda decaída. Estacionou o carro o mais perto da casa que conseguiu e desceu lutando contra o vento e a chuva.

Esperava ter que arrombar a fechadura da porta com sua arma, mas ela abriu ao toque. Cambaleou para uma sala com cheiro de mofo, iluminada estranhamente pelo cintilar dos raios entre as frestas das persianas.

Sua lanterna revelou um beliche rústico construído contra uma parede lateral, uma mesa pesada talhada à mão, um monturo de trapos em um canto. Da pilha de trapos, sombras furtivas disparavam para todos os lados.

Ratos! Ratos outra vez!

Nunca conseguiria escapar deles?

Fechou a porta e acendeu um lampião, colocando-o sobre a mesa. A chaminé quebrada fazia a chama dançar e tremeluzir, mas não entrava vento suficiente na sala para apagá-la. Três portas que levavam ao interior da casa estavam fechadas. O piso e as paredes estavam repletas de buracos feitos pelos ratos.

Minúsculos olhos vermelhos o observavam das aberturas.

Harrison sentou-se no beliche, lanterna e pistola no colo. Ele esperava lutar pela própria vida antes do dia raiar. Peter Wilkinson estava lá fora em algum lugar da tempestade com o coração tomado pela vontade de matar e, aliado a ele ou trabalhando separadamente — em ambos os casos, um inimigo do detetive — estava a misteriosa figura pintada.

E essa figura era a Morte, fosse um farsante vivo ou um espírito indígena. De qualquer forma, as venezianas o protegeriam de um tiro vindo da escuridão e, para atingi-lo, seus inimigos teriam que entrar na sala iluminada, onde ele teria uma chance justa — tudo que o grande detetive pedia.

Para afastar a mente dos olhos vermelhos macabros que o vigiavam do chão, Harrison pegou o objeto que encontrara perto do lampião quebrado, onde o assassino deve tê-lo deixado cair.

Era uma pedra de sílex oval e suave, amarrada a uma empunhadura por tiras de couro — a machadinha de guerra indígena de gerações passadas. Os olhos de Harrison estreitaram-se de súbito; havia sangue na pedra, e um tanto era dele mesmo. Mas na outra ponta da pedra havia mais sangue, escuro e encrustado, com fios de cabelo mais claros que o dele presos ao ponto coagulado.

Sangue de Joash Sullivan? Não. O velho fora esfaqueado. Mas alguém mais morrera aquela noite. A escuridão escondera outro ato lúgubre...

Sombras disparavam pelo chão. Os ratos estavam voltando — formas sinistras rastejando para fora dos buracos, rumando para o monturo de trapos no canto — um tapete esfarrapado, Harrison agora via, enrolado em uma pilha longa e compacta. Por que os ratos pulavam sobre aqueles andrajos? Por que eles corriam para cima e para baixo, guinchando e mordendo o tecido?

Havia algo terrivelmente sugestivo em seus contornos — uma forma que ficava mais definida e pavorosa ao que olhava.

Os ratos se espalharam, guinchando, quando Harrison atravessou a sala. Ele puxou o tapete com força — e vislumbrou o cadáver de Peter Wilkinson.

A parte de trás da cabeça fora esmagada. O rosto branco estava contorcido em uma careta de pavor profundo.

Por um momento, o cérebro de Harrison vacilou com as possibilidades sinistras que sua descoberta evocava. Então, retomou o controle com firmeza, afastou da mente o potencial sussurrado da noite escura e uivante, das florestas negras úmidas e da aura abismal das velhas colinas, e reconheceu a única solução sensata para o enigma.

Sombriamente, observou o homem morto. O medo de Peter Wilkinson fora genuíno, afinal. Em pânico cego, revertera aos hábitos de sua infância e fugira para sua velha casa — e encontrou a morte em vez de segurança.

Harrison moveu-se convulsivamente quando um som estranho atingiu seus ouvidos acima do rugido da tempestade — o horror de um grito de guerra indígena. O assassino estava perto!

Harrison saltou para uma janela fechada e espiou por uma fresta, aguardando o clarão de um relâmpago. Quando veio, disparou através da janela na direção de uma cabeça emplumada que viu espreitando junto a uma árvore próxima ao carro.

Na escuridão que se seguiu ao raio, ele se agachou, esperando. Então veio outro clarão branco — grunhiu explosivamente, mas não atirou. A cabeça ainda estava lá, e pôde observá-la melhor. Os raios tinham um estranho fulgor branco sobre ela.

Era o crânio descarnado de John Wilkinson, vestido com um cocar de penas e posicionado ali — a isca para uma armadilha.

Harrison deu a volta e saltou para o lampião sobre a mesa. A ideia do ardil macabro fora atrair sua atenção para a frente da casa enquanto o assassino esgueirava-se até ele pelos fundos do prédio. Os ratos guincharam e se espalharam. Ao que Harrison girava, uma porta interna começou a se abrir. Ele mandou uma bala de calibre alto pela madeira, ouviu um gemido e o som de um corpo cair, e então, quando estendeu o braço para a pagar o lampião, o mundo caiu sobre sua cabeça.

Uma explosão de raios ofuscante, um estrondo ensurdecedor de trovão e a casa antiga estremeceu do frontão às fundações! Fogo azul crepitou do telhado e correu pelas paredes e pelo chão. Uma lívida língua de fogo chicoteou a canela do detetive ao passar.

Foi como o impacto de um martelo. Houve um instante de cegueira e agonia dormente, e Harrison se viu esparramado, meio atordoado, no chão. O lampião jazia apagado junto à mesa virada, mas a sala estava cheia de uma luz tétrica.

Ele percebeu que um relâmpago atingira a casa, e que o andar de cima estava em chamas. Obrigou-se a levantar, procurando a arma. Estava caída no meio da sala e, quando se dirigiu a ela, a porta esburacada pelo tiro se abriu. Harrison congelou de súbito.

Pela porta um homem entrou mancando, nu exceto pela tanga e pelos mocassins nos pés. Um revólver em sua mão ameaçava o detetive. Sangue que escorria de uma ferida em sua coxa se misturava com a tinta que o pintava.

— Então era você que queria ser um milionário do petróleo, Richard! — Harrison disse.

O outro riu com selvageria.

— Certo, e eu vou ser! E sem nenhum irmão amaldiçoado para dividir... irmãos que sempre odiei, malditos sejam! Não se mexa! Você quase me pegou quando atirou pela porta. Não vou me arriscar com você! Antes de te mandar para o Inferno, vou te contar tudo.

"Assim que você e Peter foram para o cemitério, percebi meu erro de só revirar a superfície da cova — eu soube que você encontraria a argila dura e perceberia que ela não tinha sido aberta. Então eu soube que teria que te matar, e o Peter também. Peguei o rato que você esmagou quando não estavam olhando, para que o desaparecimento brincasse com as superstições do Peter.

"Cavalguei até o cemitério num cavalo rápido. Eu

pensei no disfarce de índio muito tempo atrás. Com aquela estrada podre, e o pneu furado que atrasou vocês, cheguei ao cemitério antes. Porém, no caminho, desmontei e parei para matar aquele velho idiota do Joash Sullivan. Tive medo que ele pudesse me ver e me reconhecer.

"Eu estava vigiando quando você cavou a sepultura. Ao ver que Peter entrou em pânico e correu para a mata, fui atrás dele, o matei e trouxe o corpo aqui para nossa velha casa. Então fui atrás de você. Eu pretendia trazer seu corpo para cá, ou melhor, os ossos, depois que os ratos acabassem com você, como imaginei. Então ouvi o Joel Middleton chegando e tive que fugir — não me importo de encontrar aquele demônio pistoleiro em outro lugar.

"Eu ia botar fogo na casa com os corpos de vocês dentro. O pessoal ia pensar, quando encontrasse os ossos nas cinzas, que o Middleton matou vocês e incendiou a casa! E agora você cai bem nas minhas mãos vindo até aqui! Um relâmpago acertou a casa e ela está pegando fogo! Ah, os deuses estão do meu lado esta noite!"

Uma luz de insanidade profana cintilava nos olhos de Richard, mas o cano da pistola continuava estável enquanto Harrison cerrava seus grandes punhos, impotente.

— Você vai ficar aqui com aquele tolo do Peter! — Richard delirou. — Com uma bala na cabeça até que seus ossos queimem tanto que ninguém vai saber como você morreu! Joel Middleton vai ser morto por alguma turba, sem chance de falar. Saul vai delirar num hospício! E eu, que vou dormir em segurança na minha casa da cidade antes do sol nascer, vou viver na riqueza e na honra, e nunca vão suspeitar... nunca...

Ele mirava ao longo do cano preto, olhos ardendo, dentes expostos como as presas de um lobo entre lábios pintados — o dedo enroscado no gatilho.

Harrison agachou-se tenso, desesperado, posicionando-se para arremeter de mãos vazias contra o assassino na tentativa de opor sua força pura ao chumbo quente esguichado pela arma negra... então...

A porta foi escancarada atrás dele e o brilho macabro emoldurou uma figura alta vestindo uma capa encharcada.

Um grito incoerente soou até o telhado e a arma na mão do fora da lei rugiu. E por repetidas vezes ela estalou, enchendo a sala com fumaça e estrondos, e a figura pintada foi arremessada pelo impacto do chumbo fulminante.

Através da fumaça, Harrison viu Richard Wilkinson desabar — mas ele também atirava ao que caía. Chamas irromperam pelo telhado e, no meio desse brilho mais intenso, Harrison viu uma figura pintada se contorcendo no chão, e uma figura mais alta balançando na porta. Richard gritava em agonia.

Middleton jogou a arma vazia aos pés de Harrison.

— Ouvi os tiros e vim — ele resmungou. — Acho que isso encerra essa rixa de vez! — Ele tombou e Harrison o pegou em seus braços, um peso morto.

Os gritos de Richard atingiram um tom insuportável. Os ratos pululavam de seus buracos. O sangue que escorrera pelo assoalho os enlouquecera. Agora eles irrompiam como uma horda devastadora que não dava atenção a gritos, movimentos ou chamas devoradoras, mas apenas à sua própria fome diabólica.

Em uma onda cinzenta e escura, soterraram o morto e o moribundo. O rosto branco de Peter desapareceu sob a onda. Os gritos de Richard ficaram roucos e abafados. Ele se contorcia, quase coberto por figuras acinzentadas que sugavam seu sangue e despedaçavam sua carne.

Harrison recuou pela porta, carregando o fora da lei morto. Joel Middleton, mesmo bandido e assassino, ainda merecia um destino melhor do que o do homem que o matara — para salvar aquele demônio, Harrison não teria levantado um dedo, mesmo que fosse possível.

Não era. Os ratos de cemitério reivindicaram suas vítimas. No pátio, Harrison deixou seu fardo cair. Acima do rugido das chamas, ainda emergiam aqueles gritos terríveis sufocados.

Através da porta que ardia, teve um vislumbre de horror: uma figura ensanguentada tentando se levantar, balançando, envolvida por uma centena de formas que se agarravam e rasgavam. Ele viu um rosto que não era mais um rosto, mas uma caveira cega e sangrenta. Então, a cena medonha se apagou quando o teto em chamas caiu com um ruído estrondoso e ensurdecedor.

Faíscas choveram contra o céu, as chamas subiram ao que as paredes desabaram, e Harrison cambaleou para longe, arrastando o homem morto enquanto uma aurora tempestuosa surgia vagarosamente sobre os morros cobertos de carvalhos.

O SEGREDO DA TUMBA

Quando James Willoughby, um filantropo milionário, constatou que um carro com os faróis desligados estava empurrando-o deliberadamente contra o meio-fio, tomou uma decisão desesperada. Apagando os faróis do seu carro, abriu a porta do lado oposto ao automóvel desconhecido que avançava e pulou para fora, sem parar seu veículo. Ele pousou de quatro no chão, rasgando a calça nos joelhos e raspando as mãos. Em seguida, seu carro bateu de modo cataclísmico no meio-fio. O estrondo do para-lama amassado e o tilintar do vidro quebrado misturaram-se com a reverberação ensurdecedora de uma escopeta de cano serrado. Os ocupantes do carro misterioso, ainda sem perceberem que a vítima almejada abandonara o veículo, atiraram no automóvel do qual James recém saíra.

Antes do eco findar-se, Willoughby já estava de pé e correndo pela escuridão com uma energia incomum para sua idade. Ele sabia que sua artimanha já havia sido descoberta, mas, para um homem em pânico, manear um carro grande levaria mais tempo do que pular a cerca viva. E James sabia que uma figura ligeira na escuridão era um alvo ruim. Então, James Willoughby sobrevivera a uma situação em que outros haviam morrido e logo, totalmente desgrenhado, foi em direção à sua casa, que era geminada com o parque ao lado, no qual a tentativa de homicídio acontecera. A polícia, que chegou apressada após a ligação, o encontrou em um estado que variava entre confusão e medo. Ele não vira nenhum dos seus agressores e não conseguia pensar em nenhum motivo para o ataque. Tudo que parecia saber era que a morte o atacara no escuro e de forma súbita, terrível e misteriosa.

Era razoável supor que a morte atacaria de novo a vítima escolhida, e foi por isso que Brock Rollins, detetive, marcou uma reunião para a manhã seguinte com Joey Glick, uma figura desinteressante do submundo, mas que tinha seu propósito nas engrenagens do esquema.

Rollins quase não cabia no lúgubre quarto dos fundos designado para a reunião. Seus ombros enormes e corpo robusto pareciam diminuir sua altura. Os frios olhos azuis contrastavam com o cabelo denso e preto que encimava sua testa larga, e as roupas civilizadas não conseguiam esconder a musculatura quase selvagem da sua ossatura.

Ao contrário de Rollins, Joey Glick, na sua habitual insignificância, parecia ainda mais desinteressante do que o normal. Sua pele era pálida e acinzentada, e seus dedos tremiam enquanto manuseava, de forma desajeitada, um pedaço de papel que continha um desenho peculiar.

— Alguém colocou isso em mim — ele disse, aflito. — Logo depois que liguei pra vocês. Na porta do trem que vai até a parte alta da cidade. Eu, Joey Glick! Eles plantaram isso em mim e eu nem reparei. Apenas um cara nessa zona controla gatunos habilidosos assim... como se eu não soubesse. Olhe! É a flor da morte! O símbolo dos

Filhos de Erlik! Estão atrás de mim! Estão me seguindo! Grampeando meus telefones! Eles sabem que eu sei demais...

— Vamos direito ao ponto, certo? — resmungou Rollins. — Você disse que tinha uma informação sobre os bandidos que tentaram matar Jim Willoughby. Pare de tremer e desembucha. Me diz agora. Quem foi?

— O homem por trás de tudo é Yarghouz Barolass.

Rollins grunhiu em surpresa.

— Eu não sabia que ele estava no ramo de assassinato.

— Espera! — Joey balbuciou frases pouco coerentes, de tanto medo que estava. Seu cérebro estava confuso e suas frases desarticuladas. — Ele é o chefe do ramo americano dos Filhos de Erlik... Eu sei que ele é...

— Chinês?

— Ele é um mongol. O esquema dele é chantagear senhoras loucas, já que só elas acreditam na sua magia negra. Você sabe. Mas isso é maior. Escute, você conhece Richard Lynch?

— Claro, ele foi morto em um acidente de carro, o motorista era um louco a toda velocidade que o atropelou e fugiu há uma semana. Passou a noite inteira sem identificação no necrotério antes de descobrirem quem ele era. Alguns lunáticos tentaram roubar o cadáver da mesa de autópsia. Mas o que isso tem a ver com Willoughby?

— Porque não foi um acidente. — Joey procurava por um cigarro. — Os homens de Yarghouz queriam pegá-lo. Foram eles que tentaram roubar o cadáver naquela noite...

— Você andou fumando ópio? — exigiu saber Rollins, com dureza.

— Não, maldição! — gritou Joey. — Estou lhe dizendo: Yarghouz queria o cadáver de Richard Lynch e vai mandar seus homens atrás do cadáver de Job Hopkins amanhã à noite também...

— O quê? — Rollins ergueu-se, incrédulo.

— Não me apresse — implorou Joey, acendendo um cigarro. — Me dê tempo. A flor da morte está me deixando louco. Estou nervoso...

— Diria que está sim — grunhiu Rollins. — Você tagarelou sobre muitas coisas que não significam nada, exceto que Yarghouz Barolass foi quem matou Lynch e agora está atrás de Willoughby. Por quê? É isso que quero saber. Explique direito e com detalhes.

— Tudo bem — prometeu Joey, encarando seu cigarro avidamente. — Deixe-me só dar uma tragada. Desde que fui procurar por um cigarro no meu bolso e achei aquela maldita flor da morte, estou tão triste que não consigo fumar. Essa é a verdade. Eu sei por que eles querem os corpos de Richard Lynch, Job Hopkins e James Willoughby...

Com uma brusquidão espantosa, suas mãos envolveram a garganta, esmagando o cigarro aceso entre os dedos. Seus olhos dilataram-se e seu rosto ficou cada vez mais roxo. Sem uma palavra, ficou ereto, cambaleou e caiu no chão. Soltando palavrões, Rollins ajoelhou-se ao lado do homem caído, inclinando-se, correndo suas mãos hábeis sobre o corpo.

— Morto como Judas Iscariotes — praguejou o detetive. — Que azar infernal! Eu sabia que o coração dele não iria aguentar se continuasse fumando ópio...

Ele parou, de modo abrupto. No chão, ao lado do homem morto, encontrava-se o pedaço de papel ornamentado que Joey havia chamado de flor da morte e, próximo a ele, havia uma carteira amassada de cigarros.

— Quando ele mudou de marca? — murmurou Rollins. — Ele só fumava uma especial do Egito, jamais fumou de outra. Nunca vi Joey comprando desta marca.

— Ele levantou a caixa, tirou um cigarro de dentro e o quebrou na sua mão, cheirando o conteúdo com cautela. Havia um cheiro que, mesmo fraco, dava para perceber que não fazia parte do odor do tabaco barato. — O sujeito que colocou a flor da morte no bolso dele pode ter alterado os cigarros. Seria fácil — resmungou o detetive. — Eles deveriam saber que ele viria aqui conversar comigo. Mas a questão é: O quanto eles sabem agora? Eles não têm como saber o quanto ele me contou. E, evidentemente, não cogitavam a possibilidade de ele conseguir chegar até aqui de jeito nenhum... pensaram que ele daria uma tragada antes. Em um dia normal ele faria isso, mas dessa vez ele estava tão assustado que nem se lembrou de fumar. Ele precisava de droga, não cigarro, para acalmar seus nervos.

Indo até a porta, ele chamou alguém de forma suave. Um homem careca e robusto respondeu ao seu chamado, limpando as mãos em um avental sujo. Ao ver o corpo todo contorcido ele recuou, pálido.

— Ataque cardíaco, Spike — grunhiu Rollins. — Certifique-se de que ele receba todo o cuidado que precisa — e o grande detetive colocou um punhado de notas amassadas na mão de Spike enquanto ele seguia em frente. Um homem endurecido, o Rollins, mas consciente das suas dívidas com os mortos assim como com os vivos.

Alguns minutos depois, já estava agarrado ao telefone.

— É você, Hoolihan?

Uma voz estrondosa respondeu através do aparelho, assegurando-lhe que o chefe da polícia realmente estava do outro lado da linha.

— Como Job Hopkins morreu? — ele perguntou, de modo abrupto.

— Ataque cardíaco, acredito. — Havia um tom de

surpresa na voz do chefe. — Morreu de repente, anteontem, enquanto fumava seu cigarro habitual após o jantar, de acordo com os documentos. Por quê?

— Quem está fazendo a proteção de Willoughby? — exigiu Rollins, sem responder.

— Laveaux, Hanson, McFarlane e Harper. Mas não vejo o porquê...

— Não é o bastante — falou de forma ríspida. — Vá para lá agora! Rápido. Leve mais três ou quatro homens.

— Escute aqui, Rollins — respondeu com um berro irado. — Você está mesmo me dizendo como fazer o meu trabalho?

— Neste momento, estou. — O sorriso forçado e frio de Rollins ficou quase explícito na sua voz. — Acontece que este caso está incumbido a mim. Não estamos lutando contra homens brancos, é uma gangue de mongóis de River Street que tem Willoughby como alvo. Não direi mais nada agora. O telefone pode estar grampeado, está acontecendo muito disso aqui na região. Mas vá depressa até Willoughby, o mais rápido que puder. Não o perca de vista, nem o deixe fumar, beber ou comer nada até eu chegar. Vou o mais rápido que conseguir.

— Tudo bem — o chefe respondeu pelo telefone. — Você deve saber o que está fazendo, já que trabalha em River Street há um bom tempo.

Rollins bateu o telefone de volta no gancho e correu em direção à escuridão nebulosa de River Street, cheia de formas apressadas e furtivas — figuras estrangeiras e curvadas que seriam menos incongruentes nos cenários de Canton, Bombaim e Istambul.

Os passos do grande detetive eram ainda maiores do que o normal e seus ombros largos moviam-se de um modo mais agressivo. Isso significava um cuidado incomum, uma tensão nos nervos. Ele sabia que era um alvo desde sua conversa com Joey Glick. Não estava tentando enganar-se: era certo que os espiões do homem que estava querendo prender sabiam que Joey falara com ele antes de morrer. O fato de que não poderiam saber o quanto Joey contara antes de sua morte os fazia mais perigosos ainda. Ele não subestimava sua posição. Sabia que se tinha um homem na cidade capaz de lidar com Yarghouz Barolass, esse homem era ele. E isso se dava à sua experiência adquirida ao longo dos anos envolvendo-se nos mistérios complicados e, quase sempre sinistros, de River Street, com seu aglomerado de habitantes amarelos e mulatos.

— Táxi? — Um carro se aproximou, encostando-se no meio-fio e antecipando o chamado de Rollins. O motorista não parou na parte iluminada da rua. O boné parecia estar escondendo muito seu rosto, o que não era incomum, mas, parado na calçada, era impossível para o detetive dizer se o motorista era um homem branco ou não.

— Claro — disse Rollins, abrindo a porta e entrando no carro. — Rua Park Place, 540. E vá rápido.

O táxi passou zunindo através do tráfego. Foi além de River Street, passou correndo pela 35ª Avenida e reduziu a velocidade em uma rua secundária estreita.

— Pegando um atalho? — perguntou o detetive.

— Sim, senhor. — O motorista não olhou para trás. Sua voz foi interrompida pelo susto. Não havia nenhuma divisão entre a parte traseira e dianteira do carro, e Rollins inclinou-se para frente, colocando sua arma entre os ombros do motorista.

— Dobre na próxima à direita e vá para o endereço que passei a você — ele disse, de modo suave. — Pensa que não consigo reconhecer o pescoço de um mongol só com as luzes da rua? Siga dirigindo, mas com cuidado. Se tentar bater o carro, vou lhe encher de bala antes que possa girar esse volante. Sem palhaçadas agora, você não seria o primeiro homem que matei no curso de uma investigação.

O motorista virou a cabeça para olhar rapidamente o rosto sombrio do seu captor. Sua boca larga e fina abriu-se, e seus traços acobreados tornaram-se acinzentados. Não era à toa que Rollins havia consolidado sua reputação como um caçador de homens entre os cidadãos sinistros do quarteirão oriental.

— Joey estava certo — murmurou Rollins entredentes. — Eu não sei seu nome, mas já vi você andando com os homens de Yarghouz Barolass quando ele veio para Levant Street. Você não vai me levar para passear, não esta noite. Eu conheço este truque, cara de cobre. Deveria ter um plano, ou ficar sem gasolina em algum lugar conveniente. Uma desculpa para você abandonar o carro e sair de perto enquanto um assassino de aluguel escondido em algum lugar me mata com uma espingarda. Melhor torcer para que nenhum dos seus amigos nos veja e tente alguma coisa, porque este revólver tem um gatilho sensível e está engatilhado. Mesmo que eu morra muito rápido, ainda teria tempo para apertar o gatilho.

O resto daquele trajeto horrível foi feito em silêncio até chegarem ao South Park. Estava escuro, exceto por algumas faixas de luz em torno dos perímetros da rua, pois a prefeitura estava procurando reduzir a conta de energia.

— Siga para dentro do parque — ordenou Rollins enquanto o carro trafegava por uma rua que passava pelo parque e chegava até a casa de James Willoughby. — Desligue os faróis e vá pra onde eu mandar. Tem uma estrada entre as árvores. Ande logo.

O carro escuro deslizava em meio à mata densa até ter que parar. Rollins procurou nos seus bolsos, com a mão esquerda, e sacou uma pequena lanterna e um par de algemas. Para sair do carro, ele foi forçado a remover o cano da arma de seu contato direto com as costas do prisioneiro, mas a arma, mesmo não o encostando, ainda o ameaçava.

— Saia — ordenou o detetive. — Isso mesmo, com calma e bem devagar. Você terá que ficar aqui por um tempo. Eu não queria levá-lo à delegacia agora, por muitas razões. Uma delas é que eu não queria que sua turma soubesse que virei o jogo. Espero que sigam esperando pacientemente por você para que possa me levar ao alcance de suas espingardas de cano serrado... Rá, era o que ia fazer?

O mongol, com um puxão desesperado, tirou a lanterna da mão do detetive, fazendo-os mergulharem na escuridão.

Os dedos de Rollins fecharam-se com força em torno da manga do casaco do seu adversário e, ao mesmo tempo, por instinto, tirou sua .45 do cinto para defender-se do golpe que ele sabia que viria. A faca chocou-se violentamente contra o tambor da arma, e Rollins colocou seu pé no tornozelo do outro e puxou com força. Os homens envolvidos na luta tombaram juntos e a faca rasgou a manga do detetive enquanto caíam. Em seguida, o cano da arma foi acionado impetuosamente e atingiu de raspão uma cabeça careca, e o homem obstinado caiu, mole.

Ofegando e soltando palavrões em voz baixa, Rollins recuperou a lanterna e as algemas e preparou-se para prender seu prisioneiro. O mongol estava apagado. Não era algo fácil receber um golpe de Brock Rollins. Se ele tivesse dado um murro direto na cabeça do outro, ela teria, facilmente, quebrado como uma casca de ovo.

Algemado, amordaçado e com pés amarrados com as tiras do seu casaco, o mongol foi deixado no carro. Rollins virou e avançou pelo parque escuro na direção da cerca viva a oeste, depois da qual ficava a casa de James Willoughby. Ele tinha esperanças de que esse acontecimento o trouxesse alguma vantagem nessa batalha às cegas. Enquanto os mongóis esperassem que ele caísse na armadilha que, sem dúvida, haviam armado em algum lugar pela cidade, talvez ele pudesse fazer alguma patrulha sem ser incomodado.

A casa de James Willoughby era geminada o leste com o South Park. Apenas uma grande cerca viva separava o parque da propriedade. A casa de três andares, desproporcionalmente grande para solteiros, erguia-se entre as árvores e arbustos aparados com esmero em meio a um gramado bem podado. Havia luz nos andares inferiores e nenhuma no terceiro. Rollins sabia que o escritório de Willoughby era um grande cômodo no segundo andar, no lado oeste da casa. Nenhuma luz era emitida entre as pesadas persianas naquele cômodo. Evidentemente, cortinas e venezianas foram puxadas para dentro. O grande detetive grunhiu em aprovação enquanto olhava através da cerca viva.

Ele sabia que um homem à paisana estaria vigiando a casa em cada lado e procurou pelo aglomerado de arbustos no meio do qual estaria agachado o homem designado a patrulhar o lado oeste. Esticando o pescoço, viu um carro na frente sul da casa e soube que era o do chefe Hoolihan.

Com a intenção de pegar um atalho, arrastou-se pela da cerca viva e, não querendo ser baleado por acidente, chamou de modo suave:

— Ei, Harper!

Não houve resposta. Rollins, então, andou a passos largos em direção aos arbustos.

— Dormindo no posto? — ele murmurou, bravo. — Ei, o que é isso?

Ele tropeçara em algo na escuridão dos arbustos. Às pressas, direcionou sua lanterna para o rosto branco de um homem voltado para cima. Sua face estava coberta de sangue, e um chapéu amassado jazia no chão ao seu lado, assim como uma pistola que não fora disparada.

— Levou um golpe forte por trás — murmurou Rollins. — O quê...

Abrindo um espaço entre os arbustos, olhou em direção à casa. Daquele lado, uma chaminé ornamental elevava-se até ultrapassar o teto. Deixou os olhos entreabertos enquanto eles centralizavam em uma janela no terceiro andar ao alcance da chaminé. Todas as outras janelas estavam com as persianas fechadas, mas aquela não.

Com uma pressa frenética, emergiu através dos arbustos e correu pelo o gramado, inclinando-se como um urso grandalhão incrivelmente rápido para alguém do seu peso. À medida que contornava o canto da casa e disparava em direção aos degraus, um homem surgiu de súbito dentre as cercas vivas que revestiam o lugar. Rollins escondeu-se para, logo após, abaixar sua arma com uma exclamação de reconhecimento.

— Onde está Hoolihan? — disse o detetive, com rispidez.

— No andar de cima com o velho Willoughby. Qual o problema?

— Harper levou um murro — rosnou Rollins. — Foi golpeado aqui do lado de fora. Você sabe onde é o posto dele, certo? Espere lá até eu chamar. Se vir qualquer pessoa desconhecida tentando sair da casa, atire! Vou mandar outra pessoa para ficar aqui no seu lugar.

Ele entrou pela porta da frente e viu quatro homens em roupas simples relaxando no saguão principal.

— Jackson — disse de modo súbito —, vá para o lugar de Hanson, lá na frente. Mandei-o para o lado oeste.

O resto de vocês: fiquem a postos.

Subiu as escadas com pressa e entrou no escritório localizado no segundo andar. Sentiu-se aliviado ao encontrar todos aparentemente tranquilos.

As cortinas estavam totalmente fechadas e apenas a porta que levava ao corredor estava aberta. Willoughby estava lá. Era um homem alto e magro, com um nariz que parecia uma cimitarra extensa e um queixo ossudo e agressivo. Chefe Hoolihan, grande como um urso e corado, gritou um cumprimento.

— Todos seus homens estão no andar de baixo? — perguntou Rollins.

— Claro, ninguém vai conseguir passar por eles e estou aqui com o senhor Willoughby...

— Mais alguns minutos e vocês dois estariam com as almas penadas no inferno — gritou Rollins. — Não disse a você que estamos lidando com os orientais? Concentrou todos seus homens no térreo e não pensou que a morte poderia surgir de outro lugar, como no andar de cima? Mas agora não tenho tempo para explicar o perigo que corremos. Senhor Willoughby, vá para aquele quarto. Chefe, fique na frente dele e observe a porta que leva ao corredor. Vou deixar aberta. Trancar vai ser inútil. Se qualquer pessoa desconhecida passar por ela, atire para matar.

— De que diabos você está falando? — exigiu Hollihan.

— Um dos matadores de Yarghouz Barolass está nesta casa — esbravejou Rollins. — Talvez mais de um, mas não importa. Ele está em algum lugar do andar de cima. Essa é a única escada, Senhor Willoughby? Nenhuma outra?

—Essa é a única na casa — respondeu o milionário. — Há apenas quartos no terceiro andar.

— Onde está o interruptor que liga a luz do corredor do andar de cima?

— Vai ver quando subir, no lado direito da escada. Mas você não...

— Fiquem a postos e façam o que eu mandar — disse Rollins, indo em direção ao corredor.

Ele parou, encarando a escada sinuosa à sua frente e a escuridão do andar superior. Em algum lugar lá em cima escondia-se um homicida cruel: um mongol assassino, especializado na arte de matar e que vivia somente para realizar as vontades de seu mestre. Rollins estava a ponto de chamar pelo homem no andar de cima, mas mudou de ideia. Levantar sua voz seria como avisar o assassino da sua presença. Determinado, subiu as escadas. Ciente da sua visibilidade, deu-se conta da imprudência desesperada de sua abordagem. Mas aprendera, anos atrás, que não poderia recorrer à sutileza contra os orientais. Ação direta, mesmo desesperada, era sempre sua melhor aposta. Não temia balas ao que subia. Os mongóis preferiam matar em silêncio, mas uma faca lançada poderia matar tão rapidamente quanto uma bala de chumbo. Sua única chance encontrava-se no fim da escada sinuosa.

Subiu os últimos degraus com uma pressa excessiva, não atrevendo-se a ligar sua lanterna. Estava mergulhado na escuridão do corredor do terceiro andar e buscando, freneticamente, pelo interruptor. No momento em que sentiu uma agitação e movimento na escuridão ao seu lado, seus dedos determinados encontraram o que procurava. O rangido de um pé no piso ao lado dele o estimulou a ligar a luz e, enquanto recuava instintivamente de costas, algo passou zunindo por seu peito bateu forte contra a parede. Seus dedos frenéticos ligaram o interruptor e a luz iluminou o corredor.

Quase o tocando e meio agachado, um gigante careca

de pele acobreada arremetia para a lâmina curvada que se encravara parede. Ele levantou a cabeça, confuso pela luz, expondo caninos amarelados em um rosnado bestial.

Rollins tinha recém saído de uma área iluminada, então seus olhos acostumaram-se mais rapidamente com a claridade súbita. Lançou com força seu braço esquerdo em direção à mandíbula do mongol. O assassino cambaleou e caiu, duro.

Hoolihan estava gritando do andar de baixo.

— Espere — respondeu Rollins. — Mande um dos homens aqui para cima com as algemas. Vou vasculhar os quartos.

E ele o fez, ligando todas as luzes, arma de prontidão, mas não encontrou nenhum outro assassino à espreita. Estava claro que Yarghouz Barolass pensou que apenas um fosse o suficiente. E poderia ter sido, não fosse o grande detetive.

Tendo trancado todas as janelas e persianas, retornou ao escritório, para onde o prisioneiro havia sido levado. O homem havia recobrado os sentidos e estava sentado, algemado, em um divã. Apenas os olhos, negros e tortuosos, pareciam ter vida naquele rosto acobreado.

— Mongol, com certeza — murmurou Rollins. — Não é chinês.

— O que significa isso? — reclamou Hoolihan, ainda aborrecido pelo fato de que o invasor havia passado pelos seus homens.

— Muito fácil. Este cara surpreendeu Harper e o deixou inconsciente. Um sujeito destes poderia roubar um dente da sua boca agora mesmo. Com todos esses arbustos e árvores era muito fácil. Olhe, mande dois homens trazer Harper, está bem? Depois ele escalou aquela chaminé chique. Isso foi fácil também. Até eu conseguiria escalar. Ninguém pensou em trancar as persianas do terceiro andar, porque ninguém esperava um ataque vindo de lá. Senhor Willoughby, você conhece Yarghouz Barolass?

— Nunca ouvi falar — afirmou o filantropo e, ainda que Rollins o tivesse esquadrinhado detalhadamente, ficou impressionado pelo tom de sinceridade que saiu da voz de Willoughby.

— Bom, ele é um faquir místico — disse Rollins. — Está sempre na volta de Levant Street sondando e assediando velhas senhoras com mais dinheiro do que bom senso... crédulas. Faz elas se interessarem em Taoísmo e Lamaísmo, então aproveita-se das superstições delas e as chantageia. Eu conheço seu jogo, mas nunca consegui prendê-lo porque suas vítimas não dão queixa. Mas é ele o mandante destes ataques contra você.

— Então por que não vamos atrás dele agora? — exigiu Hoolihan.

— Porque não sabemos onde ele está. Ele sabe que eu sei que ele está envolvido nisto. Joey Glick o entregou logo antes de bater as botas. Sim, Joey está morto. Foi envenenado. Outro crime de Yarghouz. A esta altura, ele já deve ter abandonado seus esconderijos habituais e deve estar escondido em outro lugar. Provavelmente em alguma espelunca clandestina secreta que não acharíamos nem em mil anos, agora que Joey está morto.

— Vamos fazer esse covarde abrir o bico — disse Hoolihan.

Rollins deu um sorriso frio.

— Vamos morrer esperando que ele fale. Há outro amarrado em um carro lá no parque. Mande dois homens para buscá-lo se quiser tentar fazê-los falar, mas não acho que vá conseguir. Venha aqui, Hoolihan.

Puxando o chefe de polícia para um canto, disse:

— Tenho certeza de que Job Hopkins foi envenenado da mesma maneira que Joey Glick. Consegue lembrar de algo incomum sobre a morte de Richard Lynch?

— Bom, não da morte dele, mas naquela noite alguém aparentemente tentou roubar e mutilar seu corpo...

— O que quer dizer com "mutilar"? — exigiu Rollins.

— Bom, o guarda noturno escutou um barulho e foi até lá e encontrou o corpo de Lynch no chão, como se alguém tivesse tentado roubá-lo e talvez tenha se assustado e foi embora. Muitos dentes foram arrancados ou quebrados!

— Bom, não posso explicar a parte dos dentes — resmungou Rollins. — Quem sabe tenham caído no acidente que matou Lynch. Mas esta é a minha ideia: Yarghouz Barolass está roubando os cadáveres de homens ricos para tentar extorquir um bom dinheiro das famílias das vítimas. Quando eles não morrem rápido o bastante, Yarghouz os apaga.

Hoolihan praguejou, horrorizado.

— Mas Willoughby não tem família.

— Bom, eles devem achar que o testamenteiro vai entrar em ação. Agora escute: vou pegar seu carro emprestado para visitar a cripta mortuária de Job Hopkins. Me disseram que eles irão roubar seu cadáver amanhã à noite. Acredito que tentarão hoje, no caso de eu ter sido avisado. Vão tentar chegar antes de mim. Já podem ter chegado, depois de todo esse atraso. Minha ideia era já estar lá há muito tempo. Não, não quero ajuda. Seus pés chatos mais atrapalham do que ajudam em um trabalho como este. Você fica aqui com Willoughby. Mantenha homens no andar de baixo e nos de cima. Não deixe Willoughby abrir nenhuma correspondência que possa chegar e não o deixe nem atender o telefone. Vou à cripta mortuária de Hopkins e não sei quando estarei de volta. Posso ficar lá a noite toda. Depende de quando, ou se, eles forem roubar o corpo.

Algum tempo depois, estava correndo pela estrada na sua missão sombria. O cemitério que continha o túmulo de Job Hopkins era pequeno e exclusivo, onde apenas ossos de homens ricos repousavam. O vento assobiava através das árvores de ciprestes que formavam sombras ameaçadoras sobre o mármore reluzente.

Rollins aproximou-se pelos fundos, através de uma rua secundária estreita, cercada de árvores. Ele saiu do carro, escalou o muro e andou em silêncio pela escuridão, sob o luar pálido e a sombra dos ciprestes. À sua frente, a alva cripta mortuária de Job Hopkins reluzia. Ele parou de repente, agachando-se nas sombras. Viu um brilho, um vestígio de luz, que logo se extinguiu e, através da porta aberta do mausoléu, agrupava-se meia dúzia de formas indistintas. Seu palpite estava certo, mas eles haviam chegado antes. Uma raiva violenta o dominou diante daquele crime macabro, levando-o a dar um passo à frente e gritar ordens de modo selvagem.

Dispersaram-se como ratos pelo recinto, e sua saraivada de tiros ecoou futilmente entre os sepulcros. Apressando-se em direção ao caixão, de forma imprudente e soltando palavrões, entrou na cripta e, ligando sua lanterna no lado de dentro, recuou com o que viu. O caixão havia sido aberto, mas a tumba não estava vazia. Em um amontoado descuidado no piso, jazia o cadáver embalsamado de Job Hopkins com a mandíbula inferior arrancada.

— Que diabos! — Rollins deteve-se, desnorteado pelo fim repentino da sua teoria. — Eles não querem os corpos. O que eles querem? Os dentes? E eles conseguiram os dentes de Richard Lynch...

Levando o corpo de volta ao seu lugar de descanso, apressou-se, fechando a porta da cripta mortuária ao sair.

Misturado ao assobio do vento entre os ciprestes, havia um gemido baixo. Acreditando que um de seus tiros acertara alguém no final das contas, seguiu o som cautelosamente, com a pistola e lanterna a postos.

O som parecia emanar do aglomerado de cedros baixos perto da parede e, entre eles, achou um homem deitado. A lanterna revelou um mongol robusto, de rosto quadrado, que convulsionava. Os olhos puxados estavam vidrados e a parte de trás do casaco, ensopada de sangue. O homem estava nos seus últimos suspiros, mas Rollins não encontrou nenhum ferimento à bala aparente. Nas suas costas, entre os ombros, o cabo de uma curiosa adaga em forma de espeto se assomava. Nos dedos da sua mão direita havia cortes profundos terríveis, como se ele tivesse se esforçado para impedir que seus assassinos roubassem o que segurava com tanto empenho.

— Fugindo de mim, ele esbarrou em alguém que estava escondido entre estes cedros — murmurou Rollins. — Mas quem? E por quê? Por Deus! Willoughby não me contou tudo que sabia.

Ele encarou com desconforto a imensidão sombria. Nada de passos lentos furtivos para perturbar o silêncio sepulcral. Apenas o vento assobiava entre os cedros e ciprestes. O detetive estava sozinho com os mortos. Sozinho com os cadáveres de homens ricos em seus túmulos ornamentados e com o mongol que o encarava, cuja carne ainda não estava rígida.

— Voltou rápido — disse Hoolihan ao ver Rollins entrando no escritório de Willoughby. — Algum progresso?

— Os mongóis revelaram alguma informação útil? — respondeu Rollins, ignorando a pergunta.

— Não — resmungou o chefe. — Eles ficaram sentados como aqueles ídolos barrigudos que eles tanto adoram. Eu os mandei para a delegacia, junto com Harper. Ele ainda estava meio atordoado.

— Senhor Willoughby — Rollins, um tanto exausto, afundou-se em uma poltrona e fixou seu olhar frio no filantropo —, estou certo em acreditar que o senhor, Richard Lynch e Job Hopkins já estiveram conectados de alguma forma?

— Por que a pergunta? — defendeu-se Willoughby.

— Porque, de algum modo, vocês três estão ligados a este caso. A morte de Lynch não foi acidental e estou certo de que Job Hopkins foi envenenado. Agora, a mesma gangue está atrás do senhor. Pensei que eram só roubos de cadáveres, mas uma aparente tentativa de roubar o corpo de Richard Lynch do necrotério agora parece se resumir ao era na realidade: uma tentativa bem-sucedida de pegar os dentes dele. Um bando de mongóis entrou esta noite na cripta de Job Hopkins, obviamente com o mesmo propósito...

Um grito sufocado interrompeu o detetive. Willoughby recuou, levando suas costas ao encosto da cadeira com o rosto lívido.

— Meu Deus, depois de todos esses anos!

Rollins enrijeceu.

— Então o senhor conhece mesmo Yarghouz Barolass? Sabe por que está atrás de você?

Willoughby sacudiu a cabeça.

— Nunca ouvi falar de Yarghouz Barolass antes, mas eu sei por que eles mataram Lynch e Hopkins.

— Então melhor falar logo tudo que sabe — advertiu Rollins. — Porque estamos trabalhando no escuro aqui.

— Eu vou. — O filantropo estava visivelmente abalado. Esfregou sua sobrancelha com uma mão trêmula e relaxou com algum esforço. — Vinte anos atrás — ele começou — Lynch, Hopkins e eu, jovens recém-saídos da faculdade, estávamos na China a serviço de um senhor da guerra chamado Yuen Chin. Éramos engenheiros químicos. Yuen Chin era um homem perspicaz e além do seu tempo, cientificamente falando. Ele visionava o dia em que homens usariam gases e substâncias químicas mortais nas guerras. Nos forneceu um laboratório esplêndido para descobrirmos ou inventarmos algum elemento destrutivo que servisse para seus propósitos. Nos pagou muito bem: a base de toda nossa fortuna veio de lá. Éramos jovens, pobres e inescrupulosos. Mais por acaso do que por aptidão, nos deparamos com um segredo fatal: a fórmula para um gás venenoso, cem vezes mais mortal que qualquer coisa já pensada. Era para isso que ele estava nos pagando: para inventar e descobrir, mas a descoberta nos trouxe sensatez. Percebemos que o homem que a possuísse poderia facilmente dominar o mundo. Estávamos dispostos a ajudar Yuen Chin a derrotar seus inimigos mongóis, mas não estávamos dispostos a torná-lo o ser mais poderoso do mundo, nem a ver nossa descoberta infernal ser usada contra nosso próprio povo. Ainda assim, não estávamos prontos para destruir a fórmula, pois prevemos que em algum momento a América, desesperada, não teria outra opção senão usá-la. Então, a escrevemos por extenso e em código, mas com três símbolos faltando, o que a deixou sem sentido e indecifrável. Então, cada um de nós arrancou um dente da mandíbula inferior e, no dente de ouro colocado no lugar, foi gravado um dos três símbolos. Desse modo nos precavemos contra nossa própria ganância, assim como contra a cobiça de outros. Era bem possível que um de nós se afundasse tanto que chegasse a contar o segredo, mas isso seria inútil sem os outros dois símbolos. Yuen Chin foi derrubado e degolado no grande campo de execução em Pequim. Nós, Lynch, Hopkins e eu, escapamos não apenas vivos, mas com quase todo dinheiro que havíamos recebido dele. Contudo, fomos obrigados a deixar a fórmula, que fora rabiscada em um pergaminho, escondida entre arquivos mofados em um templo antigo. Apenas um homem sabia do nosso segredo: um velho senhor chinês que extraía dentes. Ele que nos ajudou com os dentes de ouro. Ele devia sua vida a Richard Lynch e, quando fez o juramento do voto de silêncio, sabíamos que podíamos confiar nele.

— Ainda assim, o senhor pensa que alguém está atrás dos símbolos secretos?

— O que mais poderia ser? Não consigo entender. O chinês deve ter morrido há muitos anos. Quem mais poderia saber disso? Ele não contaria o segredo nem sob tortura. Mas, ainda assim, não pode ter outra razão para esse homem que vocês chamam de Yarghouz Barolass ter matado e mutilado os corpos dos meus antigos companheiros e agora estar atrás de mim. Sabe, eu amo a vida assim como qualquer pessoa, mas meu próprio perigo reduziu-se à insignificância se comparado à ameaça global contida nesses pequenos símbolos gravados. Ainda mais sabendo que dois deles agora estão, de acordo com você, nas mãos de algum inimigo cruel do Ocidente. Alguém achou a fórmula que deixamos escondida no templo e, de algum modo, descobriu seu segredo. Da China, pode-se esperar qualquer coisa. Agora mesmo, aquele senhor da guerra Yah Lai, um bandido, está ameaçando destituir o Governo Nacional. Então, quem sabe que plano diabólico eles estão tramando? O pensamento de que o segredo da fórmula está nas mãos de algum conquistador oriental é aterrorizante. Meu Deus, senhores, temo que vocês não tenham percebido a gravidade do assunto!

— Eu tenho uma vaga ideia — resmungou Rollins.

— Já viu uma adaga dessas? — Ele mostrou a arma que havia matado o mongol.

— Muitas delas, na China — respondeu Willoughby, de pronto.

— Então não é uma arma usada por mongóis?

— Não, sem dúvidas é da China. Tem uma inscrição convencional dos Manchus no cabo.

— Uhmmm! — Rollins sentou-se com uma carranca, punho no queixo, batendo preguiçosamente a lâmina contra seu sapato, perdido em pensamentos. Ele reconhecia que estava confuso e perdido em um emaranhado desconcertante. Para seus companheiros, ele parecia uma figura sombria que estava se punindo e ruminando sobre o destino daquele caso perverso. Na realidade, estava amaldiçoando sua sorte.

— O que fará agora? — exigiu Hoolihan.

— Há apenas uma coisa a fazer — respondeu Rollins. — Tentarei encontrar Yarghouz Barolass. Começarei em River Street. Deus sabe que será como procurar uma agulha no palheiro. Quero dar um jeito de deixar um dos mongóis escapar, Hoolihan. Eles devem ir até o esconderijo de Yarghouz e...

O telefone tocou ruidosamente e Rollins o alcançou com um passo longo.

— Por favor, quem fala? — Através da linha surgiu uma voz com um sotaque nítido, mas sutil.

— Brock Rollins — resmungou o detetive.

— Sou um amigo, detetive — disse a voz, com cordialidade. — Antes de irmos adiante, deixe-me alertá-lo de que é impossível rastrear esta ligação, e tentar não traria nenhum benefício.

— Então? — Rollins estava enfurecido, como um cachorro grande e agressivo.

— O senhor Willoughby — a voz suave continuou — é um homem condenado. Ele já está praticamente morto. Guardas e armas não o salvarão. Não quando os Filhos de Erlik estão prontos para matá-lo. Mas você pode salvá-lo, sem disparar um único tiro!

— Sim? — foi um rosnado murmurado e pouco articulado, como se estivesse sedento por sangue, que saiu da garanta animalesca de Rollins.

— Se for sozinho à Casa dos Sonhos, na Levant Street, Yarghouz Barolass falará com você e poderão acertar um acordo pelo qual a vida de Willoughby seja poupada.

— Acordo uma ova! — berrou o grande detetive, apertando tanto o telefone que seus dedos ficaram brancos. — Com quem você pensa que está falando? Acha que cairia numa armadilha dessas?

— Você tem um refém — a voz disse. — Um dos homens que capturou é o irmão de Yarghouz Barolass. Deixe-o sofrer se houver traição. Juro, pelas almas dos meus ancestrais, que nada acontecerá a você.

A ligação terminou com o clique do outro aparelho.

Rollins deu meia-volta.

— Yarghouz Barolass deve estar ficando desesperado para atrever-se em um truque tão infantil quanto esse — ele praguejou. Então considerou e murmurou para si mesmo: — Pelas almas dos seus ancestrais! Nunca ouvi falar de um mongol quebrando esse juramento. O que disse sobre o irmão de Yarghouz pode ser mentira. Ainda assim... bom, talvez ele esteja tentando me enganar... me afastando de Willoughby... mas, por outro lado, talvez pensasse que nunca cairia em um truque como esse... Ah, pro inferno com isso! Vou começar a agir!

— O que quer dizer? — exigiu Hoolihan.

— Quero dizer que vou à Casa dos Sonhos sozinho.

— Você é louco! — exclamou Hoolihan. — Leve alguns homens, cerque a casa e ataque!

— E a encontrarei vazia — grunhiu o detetive, sua obsessão peculiar por trabalhar sozinho novamente firmando-se.

Estava quase amanhecendo quando Rollins entrou em um antro nebuloso perto da orla que era conhecida pelos chineses como "A Casa dos Sonhos", e cujo exterior sombrio escondia um bar de ópio subterrâneo. Apenas um chinês rechonchudo acenou de trás do balcão, sem aparentar surpresa alguma. Sem uma palavra, guiou Rollins até uma cortina no fundo do bar, puxou-a para o lado e uma porta foi revelada. O detetive agarrou sua arma debaixo do casaco. Estava tenso de tanta agitação, o que deve acontecer com qualquer homem que entra, deliberadamente, no que podia ser uma armadilha mortal. O chinês bateu na porta, provocando um som monótono, e uma voz respondeu do outro lado. Rollins preparou-se. Ele reconheceu aquela voz. O rapaz abriu a porta, acenou com a cabeça e foi embora. Rollins entrou, fechando-a atrás dele.

Ele estava em uma sala com divãs e almofadas de seda amontoadas e espalhadas. Se houvesse outras portas, estariam escondidas pelas cortinas negras de veludo adornadas com dragões dourados que cobriam as paredes. Em um divã, perto da porta mais afastada, havia uma figura barriguda e robusta envolta em seda preta, com um boné de veludo justo na cabeça raspada.

— Então você veio, no final das contas! — cuspiu o detetive. — Não se mexa, Yarghouz Barolass. Minha arma está embaixo do casaco. Seus homens não serão rápidos o bastante para me impedir de atirar.

— Por que está me ameaçando, detetive? — O rosto

quadrado de Yarghouz Barolass era inexpressivo e sua pele enrugada como a dos mongóis que viviam no Deserto de Gobi. Seus lábios eram grandes e finos; os olhos, pretos e brilhantes. Seu inglês era perfeito. — Veja, eu confio em você. Estou aqui, sozinho. Até o rapaz que o trouxe disse que está sozinho. Bom. Você manteve a sua palavra, eu mantenho minha promessa. Já que demos uma trégua, estou pronto para negociar, como você sugeriu.

— Como eu sugeri? — disse Rollins, sem entender.

— Não desejo machucar o senhor Willoughby mais do que desejei machucar os outros cavalheiros — disse Yarghouz Barolass. — Mas os conhecendo como conheço, por meio de relatos e vigilâncias discretas, nunca me ocorreu que poderia obter o que queria enquanto vivessem. Portanto, não negociei com eles.

— Então você quer o dente de Willoughby também?

— Eu não — negou Yarghouz Barolass. — Quem quer é uma pessoa honrável na China. Ele é neto de um senhor que, na sua velhice, acabou balbuciando segredos que nem a tortura conseguiria arrancar se ele estivesse no seu juízo perfeito. Velhos costumam fazer isso. O neto, Yah Lai, tinha um cargo mediano, mas tornou-se Senhor da Guerra. Ele escutou os murmúrios do seu avô, um extrator de dentes. Encontrou a fórmula escrita em código e descobriu sobre os símbolos que eles escondiam nos dentes. Ele me encarregou disso, prometendo-me uma grande recompensa. Eu tenho um dente, obtive daquele pobre coitado do Richard Lynch. Agora, se me entregar o outro, o de Job Hopkins, como prometeu, talvez pudéssemos chegar a um acordo em que senhor Willoughby possa continuar vivo. Em troca dos dentes, claro. Como você já havia sugerido.

— Como eu já havia sugerido? — exclamou Rollins.

— Onde quer chegar? Não fiz promessa nenhuma e eu, definitivamente, não tenho o dente de Job Hopkins. Você que tem.

— Tudo isso é desnecessário — disse Yarghouz, chegando ao limite e falando um tom acima do habitual. — Você é conhecido por ser honesto; essa é a sua reputação, apesar da sua natureza violenta. Estava contando com isso quando concordei com esse encontro. Claro, eu já sabia que você tinha o dente de Hopkins. Quando meus empregados desastrados, após terem sido assustados pela sua chegada, se reuniram na hora marcada, eles descobriram que a pessoa encarregada da mandíbula contendo o precioso dente não estava entre eles. Eles retornaram ao cemitério e acharam seu corpo, mas não o dente. Era óbvio que você o matara e o pegara.

Rollins estava tão estupefato com a nova reviravolta que permaneceu mudo, sua mente era um turbilhão de pensamentos emaranhados em confusão.

Yarghouz Barolass continuou tranquilamente:

— Eu estava quase mandando meus empregados em uma nova tentativa para pegar o dente quando seu agente me telefonou, embora seja um mistério como ele conseguiu meu número, o que devo investigar. Ele disse que você estava pronto para me encontrar na Casa dos Sonhos e me entregar o dente de Job Hopkins em troca de uma oportunidade para negociar em pessoa pela vida do senhor Willoughby. Sabendo que você é um homem honrado, concordei, acreditando que…

— Isso é loucura! — exclamou Rollins. — Não liguei para você, nem nenhum dos meus homens. Você, ou melhor, um de seus empregados, foi quem me ligou…

— Não liguei! — Yarghouz estava de pé, seu corpo grande sob a seda negra ondulada, tremendo de raiva e suspeita. Seus olhos estreitaram-se em fendas e sua boca larga se contraiu com violência. — Você nega ter me prometido o dente de Job Hopkins?

— Claro que nego — esbravejou Rollins. — Eu não tenho o dente, e tem mais: não estou de "acordo", como você diz...

— Mentiroso! — Yarghouz cuspiu o epíteto com raiva. — Você me enganou! Traiu-me! Usou a confiança que tinha na sua honra, agora manchada, para me ludibriar...

— Acalme-se — advertiu Rollins. — Lembre-se de que eu tenho uma pistola Colt 45 e posso atirar.

— Atire e morra! — replicou Yarghouz. — Eu não sei qual é o seu jogo, mas eu sei que, se atirar, vai ser ruim para nós dois. Idiota, pensava mesmo que manteria minha promessa com um ignorante bárbaro? Atrás desta cortina fica a entrada para um túnel pelo qual eu poderia escapar antes mesmo de qualquer policial, se tivesse trazido algum, pudesse entrar nesta sala. Você está na mira de um homem escondido atrás da tapeçaria desde que entrou por aquela porta. Tente me impedir, e morrerá!

— Acredito que está dizendo a verdade sobre não ter me ligado — disse Rollins. — Acredito que alguém enganou a nós dois, por alguma razão. Você está aqui pela minha falsa ligação, e eu, pela sua.

Yarghouz, de modo abrupto, colocou de lado, por um momento, sua desconfiança feroz. Seus olhos pareciam joias negras malignas sob a luz da lamparina.

— Mais mentiras? — ele demandou, hesitante.

— Não, eu acho que alguém do seu bando está traindo você. Agora calma, não estou pegando a arma. Apenas mostrarei a faca que encontrei cravada nas costas do sujeito que acha que eu matei.

Ele a retirou do bolso de seu casaco com a mão esquerda, a direita ainda agarrando a arma por baixo da roupa, e a atirou no divã.

Yarghouz apoderou-se da faca. Seus olhos semicerrados arregalaram-se e brilharam, malignos. Sua pele de cor amarelada tornou-se cinza. Ele gritou palavras em sua própria língua, as quais Rollins não entendeu. Em meio a uma torrente de murmúrios raivosos, ele parou por um momento e disse em inglês:

— Eu entendo tudo agora! Isso foi muito sutil para um bárbaro! Que todos morram e que a morte chegue para todos eles!

Dando meia-volta e andando em direção à tapeçaria de trás do divã, ele gritou:

— Gutchluk!

Não houve resposta, mas Rollins pensou ter visto a superfície aveludada preta ondular ligeiramente. Com a pele agora alvacenta, Yarghouz Barolass correu até a cortina e, ignorando a ordem de Rollins mandando-o parar, pegou as tapeçarias e as despedaçou. Algo brilhou entre eles como um raio de luz branca e quente. O grito de Yarghouz irrompeu em um horrível lamento esganiçado. Sua cabeça inclinou-se para frente, seu corpo cambaleou para trás e ele tombou com violência entre as almofadas, agarrando o cabo da adaga em forma de espeto que tremia sob suas mãos, cravada em seu peito. As garras amareladas do mongol largaram o cabo rubro e agarraram-se ao tapete grosso. Um espasmo convulsivo apoderou-se dele e seus dedos se afrouxaram.

De arma em punho, Rollins deu um único passo em direção às tapeçarias e deteve-se, encarando a figura que se movia, inabalado, entre elas: um chinês alto, usando um roupão de mandarim, que sorria e fazia reverência, com suas mãos escondidas nas largas mangas.

— Você matou Yarghouz Barolass! — acusou o detetive.

— Este ser desprezível foi, de fato, enviado ao seus ancestrais pelas minhas mãos — concordou o mandarim. — Não tenha medo. O mongol que o tinha na mira de sua espingarda de cano serrado também partiu súbita e silenciosamente desta vida incerta. Meus homens tomaram posse da Casa dos Sonhos esta noite. Tudo que pedimos é que não tente nos impedir de partir.

— Quem é você? — exigiu saber Rollins.

— Um simples empregado de Fang Yin, senhor de Pequim. Quando se descobriu que esses mongóis desonrosos procuravam uma fórmula na América que possibilitaria o arrivista Yah Lai de governar a China, ordens apressadas foram-me enviadas. Era quase tarde demais. Dois homens já haviam sido mortos. Um terceiro foi quase. Mandei imediatamente meus empregados para interceptar os cruéis Filhos de Erlik na tumba que eles profanaram. Mas, com sua aparição, os mongóis, amedrontados, dispersaram-se antes que a armadilha pudesse ser posta em prática. Se não fosse por isso, teríamos capturado todos eles nessa emboscada. Mesmo com o imprevisto, eles conseguiram matar quem carregava o dente que Yarghouz procurava e o trouxeram a mim. Tomei a liberdade de passar-me por um empregado do mongol quando liguei para você, e de fingir ser seu agente chinês enquanto falava com Yarghouz. Tudo ocorreu como eu queria. Atraído pela ideia de conseguir o dente e enlouquecido pelos seus homens não o terem entregado, Yarghouz veio a este antro bem protegido pelo segredo da fórmula e caiu em minhas mãos. Trouxe você aqui para testemunhar sua execução, para, assim, compreender que senhor Willoughby não está mais correndo perigo. Fang

Yin não tem como ambição dominar o mundo, ele apenas deseja manter o que é dele. Isso ele pode fazer, agora que a ameaça do gás diabólico foi neutralizada. Agora devo ir. Yarghouz havia planejado cuidadosamente seus planos para sair deste país e irei aproveitar-me disso.

— Espere — exclamou Rollins. — Tenho que prendê-lo pelo assassinato deste desgraçado.

— Desculpe — murmurou o mandarim. — Estou com muita pressa. Nem precisa erguer seu revólver. Prometi que não o machucaria e mantenho minha palavra.

Enquanto falava, a luz apagou-se de súbito. Rollins saltou para frente, praguejando e bagunçando as tapeçarias que haviam se aberto na escuridão, como se um corpo robusto tivesse acabado de passar. Seus dedos encontraram apenas paredes sólidas e, quando a luz se acendeu outra vez, estava sozinho no cômodo e atrás das cortinas uma porta pesada havia se fechado. Em cima do divã havia algo que cintilava sob a luz da lâmpada e Rollins deparou-se com um dente de ouro curiosamente entalhado.

SAFRA
VERMELHA

AVEC
EDITORA